Tra il 1929 e il 1962 Georges Simenon (Liegi, 1903-Losanna, 1989) ha scritto ben 178 racconti.

Tre nuove avventure dell'ex ispettore Torrence e del suo formidabile socio Émile. Nel 1934 Simenon ha mandato in pensione Maigret, è diventato un autore Gallimard e ha deciso di scrivere solo romanzi-romanzi. Ma per mantenere il costoso tenore di vita a cui è abituato ci vogliono soldi. Così, non solo nel 1936 dà a «Paris-Soir» tredici racconti in cui fa tornare in servizio il commissario, ma nel giugno del 1938 – pur dichiarando sdegnosamente a una giornalista che il genere poliziesco gli interessa ormai «quanto il commercio degli oli combustibili o della pasta» – ne termina altri quattordici sulle inchieste dell'Agenzia O; questi, dopo essere apparsi nel 1941 su «Police-Roman», saranno raccolti in volume nel 1943.

Presso Adelphi sono in corso di pubblicazione tutte le opere di Georges Simenon.

Georges Simenon

Lo strangolatore di Moret

e altri racconti

TRADUZIONE DI MARINA DI LEO

ADELPHI EDIZIONI

L'arrestation du musicien
L'étrangleur de Moret
Le vieillard au portemine

© 1941 GEORGES SIMENON LIMITED
All rights reserved

Lo strangolatore di Moret e altri racconti

© 2016 ADELPHI EDIZIONI S.P.A. MILANO
WWW.ADELPHI.IT

GEORGES SIMENON® ⌐ Simenon.tm
All rights reserved

ISBN 978-88-459-3124-6

Anno					Edizione						
2019	2018	2017	2016		1	2	3	4	5	6	7

INDICE

LO STRANGOLATORE DI MORET
E ALTRI RACCONTI

L'ARRESTO DEL MUSICISTA

I

Dove il detective Torrence, giocando la sua partita contro il commissario Lucas, finisce per sconfinare nell'illegalità.

«Che tipo è?» aveva chiesto Torrence al telefono prima di decidersi.

«Basso, aria burbera e baffetti alla Charlot...».

«Allora è il commissario Lucas...».

Erano stati colleghi all'epoca in cui Torrence faceva parte della Polizia giudiziaria, il che rendeva la situazione più bizzarra. Lucas, infatti, era sempre in apprensione, letteralmente ossessionato dallo spettro di una possibile figuraccia. Corretto fino all'eccesso, sensibile come non puoi permetterti di essere quando combatti contro i criminali. Eppure, stranamente, tutti avevano paura di lui a causa di quella sua perenne aria burbera.

L'arrivo di Torrence e del suo fotografo Émile nel piccolo bar di rue Fromentin non poteva passare inosservato, tanto più che quella strada di Montmartre, benché a due passi da place Pigalle, è straordinariamente tranquilla. Figuriamoci poi alle sei del mattino!

Sebbene fosse maggio, Lucas indossava ancora un cappotto che lo faceva apparire più basso – giacché, come la maggior parte degli uomini non molto alti, aveva un debole per i soprabiti ampi e lunghi.

« Sembri un imbuto » gli aveva detto una volta Torrence.

Lucas stava bevendo un caffè corretto a un tavolino di marmo accanto alla vetrata, mentre il proprietario del bar lucidava il bancone di zinco e un ispettore, seduto di fronte al commissario, ascoltava le ultime istruzioni.

« Tutto lascia supporre che sia armato, e pronto a vendere cara la pelle... Andrò avanti io e... ».

In quel momento Torrence apre la porta ed entra con la disinvoltura di chi è di casa, come se per il direttore e il fotografo dell'Agenzia O andare a fare colazione in un bar di rue Fromentin fosse la cosa più naturale del mondo.

Di colpo Lucas si allarma.

« Tu che ci fai qui? ».

« E tu? ».

« Be', sai... Mi trovavo da queste parti... ».

« Proprio come noi... Vero, Émile? ».

« Sì, capo... ».

« Strana coincidenza incontrarci davanti all'Hôtel du Dauphiné... Di' un po', Lucas... Ti porti dietro la scorta, adesso?... Ho visto un ispettore in place Pigalle, e un altro in fondo alla strada, senza contare la macchina della polizia che aspetta di fronte... ».

« Sul serio, Torrence, che sei venuto a fare?... Come hai saputo... ».

Povero Lucas! Eppure è facile da capire. Tre quarti d'ora prima, mentre russava come un mantice, Torrence è stato svegliato da una telefonata.

« Signor Torrence?... Mi scusi se la disturbo a quest'ora, ma ho urgente bisogno del suo aiuto... Sono José... ».

Che cosa può essere successo a José? Torrence lo conosce da un pezzo. Tutti i nottambuli di Parigi lo conoscono, perché è il leader di una delle migliori jazz band di Montmartre, quella del Cabaret du Pingouin, in rue Fontaine, dove c'è sempre il pienone.

«Senta... Dovrebbe venire subito... Sono sicuro che tra pochi minuti quelli saliranno a prendermi...».

«Quelli chi?».

«I poliziotti...».

Torrence, ancora intontito dal sonno, non vede che cosa c'entri la polizia con José. Non è che se uno lavora di notte in un locale di Montmartre dev'essere per forza un delinquente, e infatti José è una persona perbene che conduce una vita del tutto regolare.

«Si spieghi meglio... Le confesso che...».

«Che cosa fa?» chiede intanto il musicista, ma la domanda non è rivolta a Torrence, bensì a qualcuno che dev'essere accanto a lui.

«È seduto su un gradino, proprio di fronte alla porta» risponde una voce femminile.

«Pronto!... Signor Torrence?... Mi scusi, stavo parlando con Julie... La conosce, vero?... Ma come no!... Era la donna del Banchiere... Sì, stiamo assieme da qualche settimana... Senta, ho pochissimo tempo... Temo che quelli si decidano e che poi sia troppo tardi...».

Senza lasciare la cornetta Torrence ha preso un bicchiere e si è risciacquato la bocca, ed è anche riuscito a tirare verso di sé la pipa, dove rimane un fondo di tabacco della sera prima.

«Vada avanti... Julie è quella alta e bionda che faceva il numero di ballo acrobatico?...».

«Lo fa ancora... Non ne poteva più del Banchiere... Poi le spiegherò meglio... Ci amiamo... In questo momento è qui con me, nella mia stanza all'Hôtel du Dauphiné in rue Fromentin... Pronto!... Aspetti... Ne vedo un altro, sul marciapiede di fronte... Attenta,

Julie!... Non scostare le tende... È meglio non insospettirli...».

«Continuo a non capire...».

«Il Banchiere è venuto diverse volte a dirmi che rivuole Julie... Lo sa che tipo è...».

Perché lo chiamano il Banchiere? Forse perché gli piace sfoggiare vestiti sfarzosi, cappotti foderati di pelliccia e brillanti grossi come nocciole. Di che cosa viva esattamente è un mistero. Fatto sta che la gente ha paura di lui e il suo sguardo è tutt'altro che rassicurante.

«Comunque... Naturalmente mi sono rifiutato... Mai e poi mai Julie ritornerebbe da lui... Ci stava solo perché era terrorizzata... Il Banchiere ha minacciato di vendicarsi... Devo ammettere che ero piuttosto preoccupato, soprattutto quando rincasavo nel cuore della notte, perché uno così è capace di ficcarti una pallottola nella pancia e proseguire per la sua strada come se niente fosse...».

Finalmente! Torrence è riuscito a sfregare un fiammifero e ad accendersi la pipa senza staccare la cornetta dall'orecchio.

«Continui...».

«Viene quasi ogni sera al Pingouin. Anche stanotte era lì. Ma la cosa più strana è che in sala c'erano altre facce che mi sembrava di riconoscere... Poliziotti!... All'inizio mi sono chiesto chi stessero cercando... Sa com'è... Dalla nostra postazione vediamo tutto... Alla fine ho capito che tenevano d'occhio proprio me... E che facevano domande sul mio conto ai camerieri e alle entraîneuse...

«Quando sono rientrato in rue Fromentin con Julie, ne avevo tre alle calcagna...

«Ho guardato fuori dalla finestra: due agenti erano appostati in strada...

«Allora abbiamo cominciato a ragionare sulla faccenda... Le giuro che non ho niente da rimproverarmi... Mai fatto uso di cocaina, né roba simile... È stata Julie a dirmi:

« "Scommetto che c'è lo zampino del Banchiere... È proprio da lui..."».

Sempre continuando ad ascoltare, Torrence si infila una scarpa, poi l'altra.

« Siamo rimasti svegli per tutta la notte... Un poliziotto è salito a montare la guardia sul pianerottolo... È ancora qui, proprio di fronte alla nostra porta... E all'alba è arrivata una macchina con un tizio che dev'essere un commissario... Gli altri sono andati a fargli rapporto... In questo momento è in un piccolo caffè dall'altro lato della strada... Sono sicuro che verrà ad arrestarmi...».

« Lei di solito dove la lascia la chiave della camera? ».

« In portineria, appesa al pannello...».

« Allora si metta subito a rovistare in ogni angolo, scucia i materassi, cerchi dappertutto... Se il Banchiere sta tentando di farla arrestare, dev'esserci qualcosa che possa costituire una prova contro di lei, e questo qualcosa...».

« Pronto!... Non riattacchi... Mi sembrava che avessero interrotto la comunicazione... Senta, signor Torrence... Abbiamo frugato ovunque... Julie ci aveva già pensato...».

« Le tasche?... I vestiti?... Tutta la sua roba?... Se ci sono quadri alle pareti, smonti le cornici... Arrivo prima possibile...».

Senza neanche radersi, Torrence è saltato su un taxi. Si è fermato in boulevard Raspail a prendere Émile, il suo inseparabile Émile che si spaccia per fotografo o per impiegato dell'Agenzia O, di cui è invece il cervello.

«Andiamo, Émile... Che brutto mestiere... Arresteranno un musicista che non ha fatto niente di male...».

« Ne è sicuro? ».

«Ci metterei la mano sul fuoco!» esclama Torrence. «Conosco José da anni. È un bravo ragazzo e...».

Émile sa tutto, legge tutto, vede tutto – si direbbe che le sue giornate non siano di ventiquattr'ore, ma di cento.

«Non è il sassofonista della jazz band del Pingouin?... Senta un po', capo, l'altro ieri sera, quando l'hanno ammazzato, lo Zio John non stava uscendo proprio dal Pingouin?...».

«Ero alle prese con un altro caso...» borbotta Torrence, indispettito di non essere al corrente, neanche tramite i giornali, dell'omicidio dello Zio John.

Quest'ultimo, un vecchio americano ricchissimo ed eccentrico, è un assiduo frequentatore dei locali notturni di Montmartre conosciuto ovunque con l'affettuoso nomignolo di Zio John. In ogni bar ha il suo whisky personale, che fa venire dal Canada, e un bicchiere con le sue iniziali.

Corre voce che spenda tutte le sere da quindici a ventimila franchi in contanti, tirando fuori dalle tasche manciate di banconote.

Ma lo Zio John è stato ucciso. L'hanno trovato, pugnalato alla schiena, a pochi passi dal Pingouin, da cui era appena uscito. I suoi gioielli sono scomparsi, e così pure i soldi che aveva con sé.

«Sicché,» dice pensieroso Torrence «secondo lei, sospettano che José l'abbia fatto fuori per rapinarlo?».

«È probabile...».

«Siamo quasi arrivati... Guardi! Ci sono due ispettori di guardia... Lucas fa le cose in grande... Si direbbe che teme qualcosa...».

Torrence si è appena seduto al tavolo del suo ex collega e i due hanno scambiato solo qualche parola quando si sente squillare il telefono. Il proprietario del bar sparisce nella saletta sul retro e ritorna subito dopo per chiedere:

«C'è un certo signor Torrence?».

«Sono io...».

Lucas aggrotta la fronte: che il direttore dell'Agenzia O e il suo inseparabile Émile siano venuti in quel caffè è già piuttosto strano. Ma che dopo pochi minuti ricevano una telefonata...

«Pronto!... Sì... Sono io...».

«L'ho vista arrivare... Sbirciavo da dietro le tende... Seconda finestra a sinistra, al quarto piano... Sono nei guai fino al collo... Mi hanno incastrato...».

«Ma...».

«Ho fatto quello che mi ha detto... Io e Julie abbiamo rovistato di nuovo la camera da cima a fondo... C'era un solo posto dove non avevamo guardato... Meno male che le ho telefonato... Lei sa che suono il sassofono... Ne ho due, che tengo nella stessa custodia... Sulle prime non ho notato niente... Poi non so come mi è venuta l'idea di infilare la mano in uno dei due strumenti... Be', c'era un pugnale ancora sporco di sangue...».

«Parli piano... Il tizio sul pianerottolo potrebbe sentirla... Certo, è increscioso... Se conosco Lucas...».

«Volevo gettare il pugnale nel gabinetto, ma non passerebbe dallo scarico... Se lo scoprono, non so...».

«Senta, ragazzo mio...».

Come il suo ex capo Maigret, Torrence usa spesso l'appellativo «ragazzo mio», soprattutto nelle situazione critiche.

«Senta... Se tra qualche minuto vede aprirsi la finestra di fronte alla sua... Ha detto quarto piano, vero?... Una volta dentro l'albergo, non penseranno più a sorvegliare la strada... In ogni caso non guarderanno in alto... Lanci il pugnale e cerchi di non sbagliare mira... Al resto penseremo poi...».

Trova Lucas con l'orologio in mano.

«Le sei e sette minuti... Ormai è giorno... Possiamo procedere all'arresto... Come vedi, Torrence, sono scrupoloso in materia di legalità... Gli avvocati sono dei volponi!... E questo va sempre a nostro discapito...».

Si alza.

«Vieni con me?».

«Dove?... No, caro Lucas... Non credo che siamo qui per la stessa cosa...».

Il commissario attraversa la strada e raduna i suoi uomini.

«Presto...» fa Torrence rivolto al proprietario del caffè. «Chi ci abita al quarto piano a sinistra?...».

«Una vecchia sordomuta che...».

«Émile... Non c'è un minuto da perdere...».

Ed Émile, dopo un rapido conciliabolo, si slancia su per le scale dello stabile. Forse Torrence sta passando dalla parte del torto, ma deve evitare a ogni costo che il suo cliente si ritrovi sul groppone un'accusa gravissima.

«Mi porti un altro calvados...».

Nel frattempo si piazza sulla soglia, come per prendere una boccata d'aria. Il cielo si è schiarito. Accostata al marciapiede, proprio davanti all'Hôtel du Dauphiné, c'è la macchina della polizia. Lucas non ha trascurato il minimo dettaglio, e lo spiegamento di forze è quello che viene riservato ai malviventi più pericolosi.

«Mancano solo i lacrimogeni...» borbotta Torrence pensando all'inoffensivo José.

Alza lo sguardo e vede aprirsi la finestra del musicista. Questo significa che Émile è riuscito con una scusa a introdursi nell'appartamento della vecchia e ad aprire la finestra.

Basta che José abbia una buona mira e che...

«Buongiorno, signor Torrence...».

Torrence sussulta, e ci mette qualche istante a riconoscere l'uomo che gli si è avvicinato.

«Non mi aspettavo di incontrarla nel nostro quartiere di prima mattina. Credevo che l'Agenzia O le desse tanto di quel da fare...».

È il Banchiere, avvolto in un pesante cappotto grigio ornato di martingala, con la sigaretta in bocca.

«Le piacciono gli uccellini?».

Ha alzato anche lui lo sguardo. Come impedirgli di vedere?... Tanto più che è giunto il momento... José si è chinato un istante... Prende lo slancio... I poliziotti saranno già per le scale...

Pazienza, allora! Ci vogliono le maniere forti!

«Le proibisco di insultarmi!» grida Torrence, sferrando un pugno in faccia al suo interlocutore. Questi, colto di sorpresa, si porta la mano al naso, agli occhi, barcolla, tenta di trovare un appiglio mentre il direttore dell'Agenzia O gli assesta un altro diretto. E, a beneficio del padrone del bar che è corso a osservare la scena dalla soglia, il direttore dell'Agenzia O prosegue:

«Ma che modi sono?... Insultare la gente perbene, che non le ha neanche rivolto la parola...».

L'altro è seduto sul marciapiede. Ormai è inutile che guardi in alto. È tutto fatto! È finita! Il pugnale accusatorio è passato come un lampo al di sopra della strada.

«Caro signor Torrence,» fa tranquillamente il Banchiere drizzandosi in piedi «è mia abitudine pareggiare i conti... Ma mi prendo il tempo necessario... E aggiungo gli interessi... Capisce?».

A non capirci niente è il proprietario del bistrot, sbalordito di vedere un uomo che è appena stato steso a pugni rialzarsi da terra quasi sorridente, tamponarsi il naso sanguinante e rimanere là, come in attesa del resto.

«Ha fatto male i suoi calcoli, signor Torrence... Non dimentichi gli interessi!... Pretendo sempre interessi salati, chissà, forse è per questo che mi chiamano il Banchiere!».

La finestra del quarto piano si è richiusa. Poco dopo Lucas riappare sulla soglia dell'albergo. Tiene per il braccio una ragazza bionda, Julie, che indossa un cappotto di pelliccia. Li segue José, tra due ispettori, con le manette ai polsi.

Gli altri poliziotti sono rimasti di sopra a perquisire da cima a fondo la camera e il bagno.

La città ha cominciato pian piano a svegliarsi, ma la strada è ancora deserta. Torrence è preoccupato di non veder tornare Émile.

«Il suo calvados è servito...» annuncia il proprietario del bistrot.

«Vengo subito... Grazie...».

Forse la vecchia sordomuta... Torrence è sulle spine... Non sarà stato un po' troppo audace, non si sarà pericolosamente allontanato dal solco della legalità? Lucas lo saluta. Lui ricambia. Lo sguardo di José, che è salito in macchina, è più sereno di quanto ci si potrebbe aspettare...

«Senta, questo stabile ha un'altra uscita?».

«No, signore... Perché me lo chiede?».

L'auto della polizia è ripartita. Il Banchiere se ne va tamponandosi il naso.

Passa un quarto d'ora, mezz'ora, e Torrence è ancora là ad aspettare, sempre più in ansia.

Quando sente squillare il telefono nella saletta sul retro, non immagina che sia per lui.

«Signor Torrence!...» chiama il proprietario.

Torrence non si raccapezza più. Chi può sapere che...

«Pronto!» esclama con impazienza.

«Non gridi così, capo, o mi romperà i timpani...».

«Émile?».

«Sì... Ho pensato che, con quella roba nel fodero della macchina fotografica, forse era meglio se me la squagliavo... Sono passato dal cortile... C'è un muro, non troppo alto... L'ho scavalcato e sono finito sul retro di un altro edificio, il cui ingresso principale dà sul boulevard...».

«Dov'è adesso?».

«In ufficio, capo... L'aspetto qui... La vecchia, però... Uhm!...».

«Che è successo?...».

«Niente di grave, capo... Mi ero coperto la faccia con il telo nero da fotografo, e quando ha aperto la porta è svenuta... Passerà la giornata cercando di capire che cosa è stato rubato nel suo appartamento...».

II

Dove Torrence ha l'impressione di essere tornato ai tempi della scuola, quando il maestro gli tirava le orecchie, ma riesce ugualmente a darsi un contegno.

Sono quasi le quattro del pomeriggio quando Torrence attraversa l'atrio del Quai des Orfèvres e si avvia su per le scale. Il capo della Polizia giudiziaria gli ha telefonato all'Agenzia O:

«Le dispiacerebbe venire a fare due chiacchiere nel mio ufficio?».

Arrivato in cima, Torrence aggrotta la fronte. A sinistra c'è una stanza con le pareti di vetro che funge da sala d'aspetto. Quel pomeriggio le sedie sono occupate da due donne che hanno tutta l'aria di essere entraîneuse e da alcuni uomini che anche fuori dall'orario di lavoro mantengono l'atteggiamento da cameriere.

«Grande spiegamento di forze...» borbotta Torrence.

Si percepisce dall'agitazione che regna tutt'intorno: andirivieni di ispettori, porte che sbattono, telefoni che squillano. Torrence sa che dietro una di quelle porte ci sono Lucas faccia a faccia con José, birre e sandwich sulla scrivania e una densa nuvola di fumo. L'interrogatorio dev'essere cominciato verso le nove del mattino. Ogni tanto il commissario si fa sostituire da un ispettore, oppure chiama un testimone per metterlo a confronto con José.

« Ma guarda chi c'è... » dice l'usciere vedendo Torrence. « Il capo la sta aspettando... ».

« Buongiorno, Torrence... Prego, si accomodi. Dato che lei è stato dei nostri, ho preferito convocarla a titolo privato... ».

Caspita! Che significa « a titolo privato »? Avevano considerato l'ipotesi di farlo venire scortato da due ispettori?

Il direttore ha assunto un'aria severa che mal gli si addice, ma da cui si evince che la faccenda è seria. Dimentica perfino di dire la sua frase abituale: « Fumi pure... ».

« Al momento ha molto da fare all'Agenzia O? ».

Ha pronunciato il nome dell'Agenzia O con quella punta di disprezzo che i poliziotti manifestano per gli investigatori privati.

« Sì, abbastanza... ».

« Mi dispiace, Torrence... Mi dispiace davvero... Perché se lei fosse stato, diciamo così, disoccupato, almeno avrebbe avuto una scusante per accettare il lavoro che fa da stamattina... ».

« Che cosa sa di preciso? » si chiede Torrence, a capo chino come uno scolaro colto in fallo.

« La reputo abbastanza intelligente » continua l'altro « per essere certo che non nutra alcun dubbio sulla colpevolezza del suo nuovo cliente ».

« Scusi, capo... Forse non sono così intelligente, ma credo, al contrario, che José non abbia ucciso lo Zio John... ».

Il direttore suona un campanello.

« Si faccia dare il fascicolo da Lucas, per favore ».

Portano il fascicolo. Il capo lo sfoglia con calma e tira fuori la ricevuta di un vaglia.

«Riconosce la grafia del nostro bel figuro? Certo, non abbiamo ancora una perizia ufficiale sull'autenticità del documento, ma a prima vista non sembra che possano esserci dubbi... Legga qua... Duemila franchi, proprio così... La data... Quella di ieri... Il modulo è stato compilato all'ufficio postale di place Blanche... E a chi sono indirizzati i duemila franchi?... Alla vedova Leborgne, rue de la République, Bourges... Cioè alla madre di José, il quale in realtà si chiama Joseph Leborgne...

«Eppure il proprietario del Pingouin potrà confermarle, se ci tiene, che né ieri né l'altro ieri ha disposto pagamenti in favore del capo della band... Il quale, anzi, ha già chiesto parecchi anticipi... Abbiamo anche telefonato allo studio radiofonico dove José si esibisce abbastanza spesso, ma nemmeno lì gli hanno accreditato soldi di recente...».

Torrence accusa il colpo e fissa il vaglia con espressione cupa.

«E non è tutto... Guardi qui... Una distinta di versamento, questa volta di tremila franchi, redatta con la stessa grafia, a firma di Joseph Leborgne e intestata a una banca di rue Tronchet. Legga la parte riservata alle annotazioni».

«Si prega di versare questi tremila franchi sul mio conto,

Joseph Leborgne».

«Comincia a ricredersi, Torrence?... Naturalmente ci siamo rivolti alla banca in questione, dove ci hanno assicurato che il conto di Leborgne è quasi sempre in rosso. Quel conto, insomma, gli serve solo per incassare gli assegni che riceve come cachet... Devo leggerle la deposizione del portiere del Pingouin, con cui il suo cliente è stato messo a confronto stamattina?».

« Lo Zio John, che come sempre a quell'ora era sbronzo, è uscito verso le tre di notte, quando stavamo per chiudere. Non ho chiamato un taxi, perché sapevo che aveva l'abitudine di rincasare a piedi...

« Qualche istante dopo è arrivato José con in mano la custodia del sassofono... Si è guardato intorno come se cercasse qualcuno e poi è corso fuori... Sembrava che avesse molta fretta... La cosa mi ha stupito, perché di solito va via insieme alla signorina Julie... Almeno da qualche tempo a questa parte... ».

« Come controbatte José? » chiede Torrence.

« Sostiene di aver lasciato precipitosamente il Pingouin perché voleva raggiungere un vecchio amico che aveva intravisto in sala... ».

« Allora è facile da verificare » esulta Torrence. « Questo amico potrà confermarci che... ».

« A condizione che esista! Ma, guarda caso, il suo cliente rifiuta di rivelarne il nome... A quanto pare, si tratta di un uomo sposato, che quella sera era in compagnia di una straniera, e José si fa scrupolo di mandare in pezzi un matrimonio... ».

« Ha spiegato perché gli è corso dietro? ».

« Indovini un po', voleva farsi prestare mille franchi... ».

« E l'amico glieli ha dati? ».

« Non ha potuto, per l'ottima ragione che, una volta in strada, il musicista l'ha perso di vista... Troppe coincidenze in troppo poco tempo, eh?... ».

« Certo, è increscioso... » sospira Torrence.

E il capo, facendosi a un tratto severo:

« La cosa ancora più incresciosa, per non usare un altro termine, è vedere una persona che ha trascorso qui tanti anni, che conosce il nostro mestiere e che finora ha onorato la categoria... È vedere, dicevo, questa persona approfittare di ciò che ha imparato da noi per tentare di ostacolare l'azione della Giustizia... Ecco perché le ho chiesto, a titolo ufficioso, di passare da me... Stamattina lei è stato avvertito da José... Lo sappiamo perché il centralino ci ha dato gli estremi della telefonata... Lei è accorso in suo aiuto insieme a quell'Émile – un altro al quale dovrò dire due parole... Poi José l'ha chiamata di nuovo... E sappiamo anche che in quel momento nella camera del musicista c'era la prova inconfutabile del suo delitto...».

Porge a Torrence una lettera anonima che denuncia José dando precise indicazioni:

«Per verificare la fondatezza delle mie accuse non ha che da aprire la custodia del sassofono. Ci troverà il pugnale con cui è stato ucciso lo Zio John. L'ho visto con i miei occhi. Preferisco non rivelare chi sono, ma posso dire che lavoro al Pingouin e che non mi sfugge niente di ciò che accade lì dentro.

«Quanto all'anello con il diamante nero...».

«È la prima volta che ne sento parlare» lo interrompe Torrence.

«Il vecchio americano portava sempre all'anulare destro un anello di platino con un grosso diamante nero, anello che gli è stato sottratto dall'assassino. Posso continuare a leggere?».

«Quanto all'anello con il diamante nero, la pietra è stata rimossa, e non so che fine abbia fatto. Ma troverà la montatura nel guardaroba dei musicisti: per la precisione, in fondo alla scatola del talco di José...».

Il capo tira fuori dal cassetto l'anello di platino e lo posa con aria trionfante sulla scrivania.

«Che ne dice?».

«Non le pare che ce ne siano troppe, capo?».

«Troppe, cosa?».

«Troppe prove... Di criminali ne abbiamo visti sfilare parecchi qui dentro, vero?... Ma non mi ricordo di un solo caso in cui tanti elementi...».

«Scusi!... José è uno sprovveduto... Un dilettante... Spinto dal bisogno di soldi, si è risolto a...».

«Mi chiedo perché si sia deciso solo adesso».

«Non capisco».

«Conosco José: ha sempre avuto le mani bucate. Non ha mai fatto caso al denaro, e a fine mese va avanti a caffellatte e croissant... Una sola cosa è sacra per lui: l'assegno che manda mensilmente alla madre, che può contare solo su di lui...».

«Mi risparmi la storiella dell'assassino che vuole tanto bene alla mamma... Roba per i giurati, Torrence!... Ma non ho finito... Stamattina i periti hanno esaminato entrambi i sassofoni del suo amico... E lo sa che cosa hanno scoperto?... I graffi rilevati in uno dei due strumenti dimostrano che quel sax ha contenuto un oggetto duro e affilato, probabilmente un coltello... C'è di più... In laboratorio sono riusciti a prelevare minuscole particelle di una sostanza scura, e da un momento all'altro sapremo se si tratta di sangue e, in tal caso, se è sangue umano...

«Dunque il coltello era nel sassofono, come asseriva la lettera.

«E l'anello era nella scatola del talco.

«Chi ha scritto queste righe era ben informato...».

«Anche troppo...» sospira Torrence.

«Come dice?».

«Niente...».

«Arriviamo al punto dolente... Il coltello è scomparso... Scomparso, con ogni probabilità, mentre lei era giù in strada... Ma dov'era nel frattempo il suo strano collaboratore?».

«Non ne ho idea...».

Torrence sta cercando di guadagnare tempo. Ha bisogno di riflettere. Figurarsi se Lucas ha intuito il trucco del pugnale lanciato dalla finestra! Ma forse la sordomuta ha sporto denuncia... Una sordomuta è perfettamente in grado di scrivere...

«Per caso,» dice, colto da un'idea improvvisa «avete ricevuto una lettera anonima anche riguardo a questo?».

Ha fatto centro. Il capo è in imbarazzo.

«Una lettera, no, ma una telefonata...».

«Anonima, scommetto...».

«Le affermazioni del mio informatore sono state subito verificate... Ha chiamato verso mezzogiorno chiedendo di parlare con me... Una telefonata che mi ha indignato e al tempo stesso amareggiato, perché denuncia delle manovre assai discutibili dell'Agenzia O... Spero che ora abbia capito... Mentre i suoi ex colleghi, rischiando la vita...».

«Lo crede davvero?» borbotta Torrence in tono risentito.

«Rischiando la vita, proprio così... Mentre i suoi ex colleghi, dicevo, procedono all'arresto di un pericoloso malvivente, lei, che è stato dei nostri per tanto tempo, si ingegna, aiutato da un giovanotto di pochi scrupoli, a sottrarre un assassino al meritato castigo... Il suo caro Émile non ha esitato a introdursi con la forza nell'abitazione di una vecchia inferma, che poteva morire di paura... José gli ha lanciato il coltello, e lui l'ha fatto sparire... Francamente, Torrence, mi chiedo se non sia stato un errore da parte mia lasciarla venire qui a piede libero, in qualità di ex collaboratore, invece di...».

«Crede davvero che ci fosse un coltello nel sassofono, capo?».

Quando con una vocina sommessa mette su quella faccia da bambino sgridato, Torrence è impagabile. Mentre il direttore della Polizia giudiziaria sta per dirgliene quattro, squilla il telefono.

«Pronto... Sì, sono io... Ne è sicuro?... Aspetto il suo rapporto con la massima urgenza... Me lo porti personalmente...».

Riattacca, e questa volta assume un tono minaccioso.

«Le do un'ora per andare a prendere il coltello che detiene indebitamente...».

«Ma, capo...».

«Mi ha appena chiamato la Scientifica... I risultati degli esami sono categorici... La sostanza scura di cui le ho parlato è sangue, ed è sangue umano... Date le circostanze, spero che lei capisca qual è il suo dovere e non mi costringa a ricorrere a misure che mi sarebbero molto penose...».

Perbacco! La situazione è più grave di quanto Torrence si aspettasse. Il capo non si alza per riaccompagnarlo alla porta. Finge di non vedere la mano che gli viene tesa e suona per chiamare l'usciere come quando congeda un visitatore qualunque.

«Dica al commissario Lucas di venire nel mio ufficio» fa all'impiegato.

Con aria afflitta Torrence percorre il lungo corridoio della Polizia giudiziaria, dove alcuni ispettori, ancora all'oscuro di tutto, lo salutano calorosamente. Il capo ha detto entro un'ora... Basta che...

Torrence salta su un taxi.

«Cité Bergère... Presto!».

Sale i gradini a quattro a quattro. In anticamera rischia di travolgere la segretaria, la signorina Berthe.

«Dov'è Émile?» chiede.

«È andato via da un'oretta».

«E Barbet?».

«Il signor Émile l'aveva mandato a fare una commissione...».

Torrence comincia a sudare freddo. Entra nell'ufficio di Émile, dove regna sempre un terribile disordine. Sposta cataste di elenchi telefonici e orari ferroviari, apre i cassetti...

Ma chissà, forse Émile ha preso la precauzione di conservare il pugnale in cassaforte... Torrence apre anche quella. Non c'è traccia dell'arma.

«Signorina Berthe, sa per caso se il signor Émile, quando è uscito, aveva con sé un coltello che...».

«No! Ma ho capito di quale coltello parla: se l'è portato Barbet...».

«Ha detto quando torna?».

«Di certo non oggi...».

«Come lo sa?».

«Mentre si metteva il cappello, mi ha comunicato che andava in trasferta a Tolone...».

«Cosa? A...».

«Sì, a Tolone... Gli ho risposto che era fortunato a poter vedere il Mediterraneo...».

Torrence si accascia su una sedia e si prende la testa tra le mani.

Il direttore della Polizia giudiziaria ha detto entro un'ora...

A un tratto sussulta. Rumore di passi sulle scale. La porta si apre ed entra Émile, con aria rilassata, allegra, e una sigaretta spenta tra le labbra, com'è sua abitudine.

«Ero andato a bere una birra alla brasserie Montmartre...» spiega come se fosse la cosa più normale del mondo.

«Ah, poveri noi... Non sa che cosa ci aspetta... Se entro un'ora – quaranta minuti, ormai – non consegno il coltello, posso pure essere l'ex ispettore Torrence, nonché attuale direttore dell'Agenzia O, ma il capo della Polizia giudiziaria non ci penserà due volte a chiedere un mandato di arresto contro di me...».

«Che idea bizzarra!...» commenta Émile senza scomporsi.

E, di punto in bianco, con la stessa tranquillità:

«Per fortuna l'assassino è ancora all'angolo della strada».

Dove l'Agenzia O non si fa alcuno scrupolo e sceglie di proseguire sulla strada dell'illegalità, e dove viene dimostrato che una falsa prova può essere al contempo una prova vera.

Negli uffici della Polizia giudiziaria continua lo spiegamento di forze, e gli ispettori si chiedono se stavolta non verrà battuto il record del caso Mestorino, il cui interrogatorio era durato ventisette ore di fila.

José è sotto torchio già da dieci ore, su una sedia, spettinato, con la cravatta di traverso e lo sguardo febbrile. Ogni qualvolta Lucas esce dalla stanza, il musicista spera in un istante di tregua, ma subito entra un altro ispettore, che ricomincia da capo.

«Vediamo un po'... È stato accertato che lei era a corto di soldi...».

José è al colmo dell'esasperazione.

«Santo cielo, quante volte devo ripetervelo che non ho mai avuto il becco di un quattrino...».

«Quindi ammette che era a corto di soldi... Almeno questo è assodato... E ne aveva bisogno, se non altro per mandarli a sua madre...».

Nella stanza accanto Julie subisce pressappoco lo stesso supplizio, con l'unica differenza che lei è meno nervosa del musicista e risponde a colpo sicuro, concedendosi anche qualche frecciata ironica.

Ci vorrà tutta la notte? È quello che si chiedono, al Quai des Orfèvres, ma sono convinti che alla fine Lucas riuscirà a spuntarla.

Nel frattempo, a Cité Bergère, Émile dice tranquillamente:

«Andiamo a dare un'occhiata al museo...».

Non si riferisce al Louvre o ad altre pinacoteche ufficiali. Il «museo» dell'Agenzia O è una specie di soffitta dove sono ammassati gli oggetti più disparati: vestiti, pistole, rotoli di corda e finanche una sciabola da cavaliere... Tutta roba che, a suo tempo, ha avuto a che fare con delitti...

«Vediamo... Che gliene pare di questo coltello, capo?... Non è arrugginito... La macchiolina scura sulla lama è sangue... Non sarà mica un'arma che è già passata dai laboratori della Scientifica?».

«No...».

«Allora va bene... Ma resta da fare la cosa più difficile... Non so se è meglio che sia io o lei a...».

Mentre parla, Émile ripulisce con cura l'impugnatura del coltello e l'avvolge in un panno di flanella.

«Venga... Me ne occuperò io... Ma lei sarà lì, pronto a fargli lo stesso giochetto di stamattina... Capito?».

È calata la sera. A quell'ora faubourg Montmartre è pieno di luci e di gente. Proprio di fronte a Cité Bergère c'è un piccolo bar tabacchi nel quale il Banchiere, in piedi davanti al bancone, sorveglia a distanza l'Agenzia O.

Scorgendo i due detective, fa per pagare la consumazione e seguirli, ma Émile e Torrence hanno già attraversato la strada e sono entrati nel locale, dove in un angolo quattro avventori giocano a belote.

«Che cosa prende, capo?... Scusi, signore, permette?...».

Émile, che ha urtato leggermente il Banchiere come per attaccare discorso, ordina due aperitivi.

«Mi chiedo se riconoscerà il coltello...» dice a voce alta. «Se lo riconosce, è nei guai... Peccato, perché è un bravo ragazzo...».

Il Banchiere ascolta, le mani sprofondate nelle tasche del pesante cappotto con la martingala.

«Ma ora che ci penso... Il Banchiere, che è appunto qui, forse potrebbe confermarci...».

Ed Émile si rivolge candidamente all'uomo dallo sguardo freddo:

«Scusi, signore... Potrebbe dirmi se questo coltello, che ci è capitato per caso tra le mani, appartiene a...».

È il momento decisivo: tutto dipende da un gesto automatico, dall'insorgere di un dubbio.

Émile porge il coltello al Banchiere tenendolo per la lama. L'uomo aggrotta la fronte e afferra istintivamente il manico dell'arma per osservarla più da vicino. Torrence stringe i pugni, pronto a picchiare qualora...

« Mi dispiace... Non l'ho mai visto... ».

Basta guardarlo negli occhi: gli è nato un sospetto. Potrebbe capire, e se capisce...

Con una mossa rapida Émile si riprende il coltello, mentre la mole di Torrence s'interpone tra i due uomini. Poi Émile riavvolge con calma l'impugnatura nel panno di flanella e conserva il tutto in tasca.

« Quanto le devo? » chiede al barista.

Il Banchiere è livido. Ha capito! Gli hanno appena preso con l'inganno le impronte digitali! Per fortuna il locale è affollato. Il massiccio Torrence protegge strategicamente l'uscita di Émile che ha con sé il prezioso corpo del reato. Pochi secondi dopo i due detective sono a bordo di un taxi.

« Ce l'abbiamo fatta!... » sospira Émile.

« Ho sudato... ».

« Io invece ho avvertito un brivido lungo la schiena... Ora deve sbrigarsela lei, capo. Mi dispiace di non poter essere presente... In ogni caso, solo l'assassino ha visto il vero pugnale... Dunque, se qualcuno sostiene che questa non è l'arma del delitto, di fatto confessa... ».

Émile è al settimo cielo. Forse è la trovata più astuta di tutta la sua carriera.

« La lascio al Quai des Orfèvres e mi tengo il taxi... Darò mie notizie alla signorina Berthe, che ha l'ordine di non allontanarsi dall'ufficio... ».

Mentre sale le scale della Polizia giudiziaria Torrence ha il viso paonazzo. Nonostante la baldanza di Émile, non è affatto tranquillo e gli rimorde la coscienza.

«Guarda chi c'è... Torrence!... Il capo mi diceva appunto...».

È Lucas, che esce dalla sua stanza, dove con ogni probabilità ha lasciato un ispettore a tormentare José in vece sua.

«Non avercela con me...» prosegue Lucas. «Non potevo fare a meno di riferire al direttore che tu... E questo che cos'è?».

«Ho riportato il coltello...».

«Allora è vero?... L'hai fatto...».

L'onesto, lo scrupoloso Lucas ne è rattristato.

«Basta!... Almeno chiuderemo il caso... Un momento... Avverto il capo...».

Poco dopo sono tutti e due nell'ufficio del direttore.

«Bene, Torrence... Era il minimo che potevo aspettarmi da lei... Quando si commette un errore, anche un errore grave, bisogna sempre avere il coraggio di riconoscerlo...».

Nel frattempo Torrence non sa se ridere o piangere, tanto la situazione è insieme ridicola e drammatica.

«Vediamo quest'arma... Uhm... Un banale coltello, già vecchio, di cui non sarà facile rintracciare il venditore. Con ogni probabilità l'assassino lo possedeva da un pezzo...».

Torrence è tentato di mormorare:

«Eccome!».

In effetti è un coltello che due anni prima ha mandato alla ghigliottina il suo proprietario.

«Che cosa le dicevo?...» esulta a un tratto il direttore. «Guardi qui... Sì... Questa macchiolina... Sangue rappreso... Le stesse tracce di sangue ritrovate sul sassofono... Speriamo che, dopo i tanti passaggi di mano subiti da quest'oggetto per colpa sua e di quell'Émile, sia ancora possibile rilevare delle impronte digitali...».

«Abbiamo preso tutte le precauzioni» afferma con aria seria Torrence.

« Bene, signori, se volete seguirmi... ».

Ha fretta di sapere, perciò soprassiede sull'iter burocratico. I tre uomini si inerpicano su per una scala stretta e arrivano nei sottotetti del Palazzo di Giustizia. In un angolo c'è un manichino snodabile che serve per le ricostruzioni. Il laboratorio è ultramoderno, con apparecchiature fotografiche munite di enormi obiettivi.

« Senta, Bigois... Mi faccia la cortesia di rilevare subito le impronte sull'impugnatura di questo coltello e di darcene un ingrandimento... ».

« Certo, capo... ».

« Lei, Torrence, ha pensato a portare le impronte del suo collaboratore? ».

Più che Torrence, è stato Émile a pensarci.

« Eccole... E qui ci sono le mie... ».

Il lavoro è presto fatto. Qualche minuto dopo, mentre i tre uomini chiacchierano, il fotografo esce dalla camera oscura con un negativo umido e lo immerge in una soluzione di acqua e alcol per accelerare l'asciugatura.

« Ora andiamo alla Scientifica... ».

Lunghi corridoi, scale segrete. L'ora di cena è passata da un pezzo, ma nessuno di loro se ne cura.

« Ecco le impronte rilevate sul manico di un coltello... E queste sono quelle dell'ex ispettore Torrence, che potrebbe averlo toccato, e del suo collaboratore Émile, che l'ha toccato di certo. Vorremmo sapere se ce ne sono altre, e a chi appartengono... ».

L'esperto della Scientifica è un asso. Con una lente di ingrandimento osserva le impronte nei minimi dettagli.

« Qui ci sono quelle del signor Torrence... E qui, soprattutto sulla lama, quelle del collaboratore di cui mi parlava... ».

« Ce ne sono altre?... ».

« Sì, nitidissime... Di una nitidezza insperata, direi... ».

« Scusi, corrispondono a queste? » interviene Lucas porgendogli il rilievo dattiloscopico effettuato la mattina sulle cinque dita di José.

L'esperto scuote la testa.

« Niente a che vedere... ».

« Ma... ».

« Le assicuro che non c'è la minima somiglianza... Le impronte sul coltello appartengono a una categoria completamente diversa... ».

Si lancia in una spiegazione tecnica che nessuno ascolta. Lucas guarda Torrence con uno stupore misto a un'istintiva diffidenza, mentre il direttore della Polizia giudiziaria aggrotta la fronte perplesso.

« Tra un momento vi dirò... ».

Fa qualche calcolo e apre l'uno dopo l'altro dei cassetti dove sono stipate le schede segnaletiche di tutti i delinquenti o presunti tali che sono passati da lì. Ci sono anche quelle dei pregiudicati stranieri. Centinaia di migliaia. Eppure bastano pochi minuti. L'esperto, nel suo modesto camice nero, tira fuori dall'archivio un cartoncino.

« Lo dicevo che quelle impronte mi ricordavano qualcosa... Guardate... Ecco il vostro uomo... ».

Lucas si precipita. Torrence, suo malgrado un po' in ansia, aspetta cercando di darsi un contegno.

Sul cartoncino bianco sono incollate due fotografie, una di fronte, l'altra di profilo – quelle terribili foto della Scientifica che, scattate sotto una luce cruda, mettono in risalto ogni difetto, ogni irregolarità del viso.

« Ma è il Banchiere... » mormora Lucas.

Ci siamo! Era inevitabile! Non ha forse appena lasciato le sue impronte digitali sul manico del coltello?

« Ha subìto condanne? » chiede il direttore.

« Lo scopriremo dal suo fascicolo... È il numero 31.216 ».

Telefona. Il casellario giudiziario è nel sottotetto, una sala enorme dove sono schierati gli armadi di ferro che contengono tutti i segreti del paese in materia criminale.

Nel giro di qualche minuto un altro impiegato porta una cartelletta di colore scuro. Meno scuro però della faccia di Lucas mentre consulta i documenti.

«... arrestato cinque anni fa con l'accusa di complicità in furto con scasso, ma rilasciato per mancanza di prove. Arrestato l'anno successivo, a Marsiglia, nel corso delle indagini sull'omicidio di un esattore bancario, ma rilasciato un mese dopo per mancanza di...».

«Caspita...» fa il capo. «A quanto pare, è proprio un osso duro...».

«Non è finita... Arrestato l'anno scorso, a Deauville, quando sparirono gli smeraldi di Lady Rochester, ma rilasciato per mancanza di...».

«Non vi sembra una litania? Sempre la stessa dicitura: "Rilasciato per mancanza di prove"... Torniamo nel mio ufficio?...».

Il gruppetto si inoltra di nuovo nel dedalo di corridoi e scale. Mentre il direttore apre la porta imbottita della sua stanza, l'usciere corre verso di loro.

«Hanno appena chiesto di lei al telefono... Volevo passare la comunicazione alla sua segretaria. Ma l'uomo che la cercava, e che si è rifiutato di dire il suo nome, ha annunciato che richiamerà tra qualche minuto... È a proposito dell'omicidio dello Zio John...».

«Accomodatevi, signori... Non ci resta che aspettare questa misteriosa telefonata... Con ogni probabilità viene dallo stesso anonimo che ci ha mandato la lettera di accuse contro il musicista... A proposito, a che punto siamo con l'interrogatorio?».

Alza la cornetta del telefono interno.

«È lei, Janvier?... Ha confessato?... No?... Continua a negare?...».

Nessuno nota che Torrence è impallidito. A metterlo improvvisamente in allarme sono state le parole: «Continua a negare...».

Infatti José, che non è stato avvertito, sa di dover negare tutto in blocco, compreso il fatto di aver trovato l'arma del delitto nel suo sassofono e di averla lanciata dalla finestra. Ma allora come si spiega che l'Agenzia O sia in possesso del coltello?...

E soprattutto... Quello sciocco di Émile!... Per la prima volta in vita sua, Torrence dubita sul serio della genialità del collega. Perché è stato lui a montare tutta questa storia, e ora, nel giro di qualche istante, Torrence si ritroverà in una posizione assai scomoda, addirittura più scomoda che se non avesse riportato il pugnale.

Com'è che Émile non ci ha pensato? Sul manico del pugnale mancano delle impronte!

Gli altri, il direttore e Lucas, non se ne sono ancora accorti, ma ci penseranno di certo. È ovvio!

Che impronte sono state trovate? Quelle del Banchiere, di Émile e di Torrence.

Ma quelle di José? Infatti, per lanciare il pugnale al di sopra della strada e...

Squilla il telefono. Torrence si fa più piccolo che può. Non dubita che sia il Banchiere.

«Pronto!... Come dice?... Sì, sono io... Devo avvisarla che non mi piacciono le comunicazioni anonime... Come dice?... Di chiedere a... Ma, insomma, come fa a sapere che... Le impronte?... Sì, certo... Sì... Ma chi è lei, e perché...».

Troppo tardi... Hanno già riattaccato... Il direttore è perplesso.

«Non capisco chi possa essere questo tizio che sa tante cose... Un momento...».

Alza la cornetta.

«Chi parla?... Martin?... Senta, Martin, cerchi di appurare al più presto da dove proviene la telefonata che ho appena ricevuto... Sì... Aspetto...».

Torrence darebbe qualsiasi cosa per non essere lì.

« Signori miei, » sbotta il capo « c'è qualcuno che si sta prendendo gioco della polizia, e comincio a pensare che siamo una manica di imbecilli... ».

Nel pronunciare l'ultima frase ha gettato a Torrence uno sguardo sospettoso. Forse si chiede se anche l'ex ispettore sia un imbecille, o se...

« Il tizio al telefono sapeva già che siamo in possesso del coltello e che vi abbiamo rilevato le impronte digitali di tre persone... Ma ha aggiunto: "Com'è possibile che non ci siano le impronte di José, dato che ha lanciato il coltello dalla finestra?" ».

Torrence si sente in dovere di balbettare:

« Forse indossava dei guanti... O magari si è servito di una pezzuola... ».

« Strana precauzione da parte di un innocente, non trova, Torrence? ».

L'ex ispettore si arrampica sugli specchi:

« Non dimentichi che José vive a Montmartre, in un ambiente dove tutti sono abituati a questo genere di cose... ».

Il telefono squilla di nuovo. Questa volta il capo è davvero sul punto di perdere le staffe.

« No, signore, il mio ufficio non è... Va bene, glielo passo, ma trovo piuttosto inopportuno disturbarmi per... ».

Si gira verso Torrence porgendogli la cornetta.

« È per lei... ».

Torrence la prende con mano malferma.

« Pronto... Sì... Come?... Ah, è lei... Mi dica... ».

Colpo basso. A quanto pare lì dentro nessuno lo tiene più nella minima considerazione, perché il ligio Lucas fa una cosa che non è da lui: si alza e dopo aver lanciato un'occhiata al direttore, come a chiedergli il permesso, porta all'orecchio il secondo ricevitore.

« Capo, dovrebbe... ».

Dall'altro lato del filo c'è Émile, che sembra piuttosto agitato.

«Dovrebbe correre subito in rue des Dames... Al numero 17... Sì, mi troverà lì... Ma faccia presto...».

Torrence riattacca e si sforza di sorridere.

«Scusatemi... Era il mio impiegato che...».

Lucas continua al posto suo:

«Che le chiedeva di raggiungerlo con la massima urgenza in rue des Dames 17... Ha niente in contrario se ci andiamo insieme?... Sono sicuro che il direttore è d'accordo con me... In questa storia ci sono troppi punti oscuri, troppe coincidenze sconcertanti per...».

Entra un ispettore.

«Riguardo alla telefonata... Quella su cui mi ha chiesto informazioni poco fa... Proveniva da un piccolo caffè all'angolo di rue des Dames... Ho richiamato il numero... Mi ha risposto il proprietario... Dice che l'ha fatta un cliente di cui non sa il nome, ma che vede spesso nel quartiere, un uomo alto e robusto, con gli occhi grigi e un cappotto con la martingala...».

«Vada, Lucas... Quanto a lei, Torrence, ritengo superfluo avvertirla che non la passerà liscia... E che lei sia stato a lungo dei nostri, invece di giocare a suo favore, renderà ancora più imperdonabili certi comportamenti... certi comportamenti che...».

Preferisce non completare la frase.

«Vada!...» ripete a Lucas, con uno sguardo d'intesa. «Resterò in ufficio finché non mi darà notizie».

IV

«Chi cercate?» chiede la portinaia dalla sua angusta gabbiola.

Non solo Lucas ha accompagnato l'ex collega in rue des Dames, ma si è anche fatto scortare da un ispettore, sicché Torrence ha quasi l'impressione di essere già in arresto.

La strada è buia, con pochi negozi. Davanti al numero 17 non c'è nessuno... Perciò i tre sono entrati.

«Abbiamo ricevuto una telefonata che ci dava appuntamento a questo indirizzo...».

«Ci sono solo due apparecchi nello stabile... Dal dottor Fels, al primo piano, e dal signor Chuin, al terzo...».

«Il signor Chuin è cinese?... Giapponese?...».

«No, signore... È come noi...».

Torrence insiste:

«È un tipo alto, con le spalle larghe e gli occhi grigi, che esce quasi sempre di sera?».

«Proprio così... Ma non è vietato, giusto?...».

I tre uomini si avviano su per le scale mal illuminate. Quando arrivano al terzo piano, si apre una porta: sulla soglia c'è il Banchiere con una pistola in pugno.

«Non abbiate paura, signori... Vi aspettavo... Accomodatevi pure».

E girandosi verso l'interno dell'appartamento:

«Lei non si muova!...».

Lucas, Torrence e l'ispettore entrano. Se la strada non è particolarmente elegante, se lo stabile è ordinario e vecchiotto, l'abitazione è confortevole e tutto sommato di buon gusto. La prima stanza a sinistra è un soggiorno piuttosto ampio, dove c'è un giovanotto seduto in poltrona. La cosa singolare è che tiene le mani in alto.

«Prego, signori... Lei, commissario... Perché, se non sbaglio, ho l'onore di parlare con il commissario Lucas, vero?... Mi faccia la cortesia di perquisire quest'individuo che ho còlto in flagrante mentre rubava in casa mia... O meglio... Ma le spiegherò dopo...».

Torrence ha riconosciuto Émile, il quale, senza battere ciglio, chiede in tono docile:

«Posso abbassare le braccia?».

E subito aggiunge:

« Non c'è bisogno di perquisirmi, ecco l'oggetto in questione... ».

Porge un barattolino di mastice a Lucas, che non ci capisce niente.

« Faccia attenzione... » avverte Émile. « Le sto consegnando il diamante nero dello Zio John... L'avevo appena trovato in questo appartamento quando... ».

« Scusi! » lo interrompe il Banchiere, gelido. « Lei ce l'aveva appena *portato*, in questo appartamento, quando, passando davanti a casa mia, ho avuto la sorpresa di scorgere le finestre illuminate... Sono salito... L'ho beccato con le mani nel sacco, commissario... L'ho minacciato con la pistola e, dal suo atteggiamento, ho capito che aspettava rinforzi... ».

Émile fa un gesto rassegnato, come chi rinuncia a controbattere. Eppure, con grande stupore di Torrence, che già si vede alla fine della sua carriera di investigatore privato, non sembra troppo preoccupato.

« Signori, » taglia corto Lucas « procediamo con ordine... Lei, signor Chuin... Si chiama così, vero? Il Banchiere è solo un soprannome... Lei sostiene che, passando per strada, mentre tornava a casa, ha... ».

« ... ho scoperto quest'individuo intento a nascondere un barattolo di mastice nel mio appartamento... Guardi all'interno, come ho fatto io, e capirà che razza di lavoro, a dir poco sconcertante, svolge l'Agenzia O... Stamattina un loro cliente è stato arrestato con l'accusa di omicidio... E questi signori si sono subito dati da fare per fabbricare di sana pianta un altro colpevole... Perché la scelta è caduta su di me?... Suppongo che sia stato José ad avere questa squisita sollecitudine, dopo aver avuto quella di rubarmi l'amante... ».

« Che cosa ha da dire, Torrence? ».

« Niente... ».

« E lei, giovanotto? ».

«Che, nella migliore delle ipotesi, non avremo informazioni prima di mezzanotte... Più probabilmente verso l'una...».

«Si spieghi meglio...».

«Non servirebbe a niente... In effetti questo signore mi ha sorpreso nel suo appartamento...».

«Violazione di domicilio con effrazione?».

«Ho usato un passe-partout, se è questo che intende... Lo ammetto... Avevo l'impressione che un certo diamante nero non potesse essere che qui, e volevo controllare di persona... Dopo due ore di meticoloso lavoro – le ricerche di questo tipo non sono affatto facili – ho scovato la pietra, ma proprio in quel momento è entrato il signor Chuin con una pistola in pugno... Siccome sono armi pericolose e non ci tengo a...».

«Quand'è che ha telefonato a Torrence?».

«È stato il signor Chuin a costringermi... Gli faceva comodo che venisse la polizia... Ma non voleva chiamarla lui... Sapeva che in quel momento Torrence era al Quai des Orfèvres...».

«Non è vero!» interviene il Banchiere. «Questo giovanotto, questo ladro ha telefonato prima che io arrivassi...».

Contento di non dover più tenere le mani in alto, Émile replica:

«Lasciatelo parlare... Non ha importanza... Il qui presente Banchiere aveva due motivi per uccidere lo Zio John... Innanzitutto sbarazzarsi di un rivale, dopo aver tentato di toglierselo di torno con le minacce... Perciò doveva fare in modo che tutti i sospetti ricadessero su José...

«Ma se, a questo scopo, era disposto a sacrificare qualche migliaio di franchi mandando dei vaglia scritti con una grafia ben contraffatta, la prospettiva di impadronirsi del grosso diamante nero dello Zio John era troppo allettante... È un gingillo che vale, a dir poco, da cento a centoventimila franchi...

«Ammetto di essermi sbagliato ritenendo che il Banchiere non sarebbe tornato a casa oggi pomeriggio... L'avevo lasciato dalle parti di faubourg Montmartre... Ne ho approfittato per fare una visitina domiciliare, di cui mi scuso, perché ovviamente non è molto legale...

«Per due ore non ho trovato niente... Poi, per puro caso, accanto a una finestra che era stata riparata di recente, ho visto un barattolino di mastice dimenticato dal vetraio...

«Un nascondiglio perfetto, no? Nessuno ci avrebbe pensato...

«In quel momento, come ho detto, è entrato il Banchiere...».

«Aspetti...» borbotta Lucas alzando il telefono.

Poco dopo all'altro capo del filo c'è il direttore della Polizia giudiziaria.

«Pronto, capo... Sì, sono io... Quel giovanotto... Sì, Émile... Aveva il diamante in tasca... Il Banchiere sostiene... Come dice?... Sì, penso anch'io che sarebbe meglio... Certo, lascio di guardia l'ispettore...».

Riattacca.

«Signori, se volete seguirmi... Spero che non mi costringerete a usare le maniere forti...».

Il Grande Capo ha i nervi a fior di pelle, e il fatto di aver cenato in ufficio con un sandwich non giova certo al suo umore.

«È una vergogna, Torrence, capito? Ma la pagherà cara... Tutta l'inchiesta falsata... E questo perché, con ogni probabilità, un cliente le ha offerto una grossa somma per...».

«Le giuro...» comincia Torrence.

«Non giuri... Sono indignato... Hanno ragione a dire che chi esce dai ranghi della polizia per...».

«C'è di mezzo un innocente, capo...».

«Come no! Tanto innocente che lei, per dimostrare quest'innocenza, non si fa scrupolo di trafugare l'arma del delitto sostituendola con un coltello pescato chissà dove...».

La voce placida di Émile:

«Il treno a che ora arriva a Tolone?».

«Quale treno?...».

«Quello che parte dalla Gare de Lyon alle...».

Torrence invidia la calma del suo sedicente impiegato. Ma Émile non sta rischiando la reputazione, né un'intera carriera votata al trionfo della Giustizia...

«Confessi» prosegue il capo «che questa storia del diamante... Il Banchiere ha ragione, diamine! È vero che ha trovato il modo di carpirgli le impronte digitali, ed è vero che gli stava piazzando il diamante in casa per poi... Questo, signori miei, è un fatto senza precedenti negli annali della polizia, e non riesco ancora a capacitarmi...».

Torrence non ha osato chiedere una birra, e non ha cenato.

«Trafugare il principale corpo del reato, perché è questo che lei...».

Nel frattempo, nell'ufficio accanto, il Banchiere si è fatto portare da bere e da mangiare.

«La prego, signor direttore,» dice Émile «aspetti che arrivi il treno e che Barbet abbia il tempo...».

«Barbet... Quale Barbet?... Chi è questo Barbet?...» urla il capo, sempre più arrabbiato.

«Un nostro impiegato... Un ragazzo in gamba, mi creda!... Sa, quando ho visto il coltello, mi sono accorto subito che era di un modello particolare, studiato apposta per i diportisti... Si dà il caso che io abbia una barchetta a vela, a Meulan, sulla Senna, e che possieda un coltello simile... Sono andato dal fabbricante... Un tempo li facevano con i manici di legno, ora si preferisce il sughero... Ma quello lì aveva il manico di legno... Abbiamo consultato un bel po' di cataloghi e siamo arrivati alla conclusione che doveva essere stato comprato a Tolone, in un negozio di rue d'Alger».

«Ma a quest'ora il negozio sarà chiuso...» replica il capo della Polizia giudiziaria.

«Barbet si farà aprire... Lei ancora non lo conosce... E non è tutto, signor direttore...» continua Émile in tono sempre più modesto. «Se ho spedito Barbet a Tolone è stato perché, ricostruendo gli spostamenti del Banchiere in quest'ultimo periodo, ho scoperto che esattamente una settimana fa è sceso a Marsiglia, come dicono nel suo ambiente... Ci va spesso... Ho anche saputo da fonte sicura che è il tenutario di una certa casa di Tolone... Lei mi intende...».

«E non poteva venire a riferircelo?...».

«Scusi... Voi non mi avete chiesto niente... Eravate convinti della colpevolezza di José... Chissà come avreste condotto le indagini...».

«Se ho capito bene, sta dicendo che non ha la minima fiducia nell'intelligenza della polizia».

Torrence, punto sul vivo, tenta di protestare. Ma Émile, che non ha mai fatto parte della Ditta, prosegue senza perdere il sangue freddo:

«Qui siete in molti, no? Le persone intelligenti sono sempre in minoranza, perciò è inevitabile che più gente c'è, più aumenta la percentuale di imbecilli...».

«Grazie tante...».

«È mezzanotte, signor direttore... A meno di ritardi, il treno è già arrivato a Tolone, e in questo momento Barbet è in rue d'Alger... Sveglia il signor Mithouard, il commerciante in questione... Come tutti noi dell'Agenzia O, Barbet non bada a regolamenti, né a orari... Il signor Mithouard gli apre la porta... Chissà, forse ha in testa un berretto da notte... Mi sono accertato che abbia il telefono... A quest'ora, richiedendo una chiamata urgente...».

«Polizia, chiamata urgente!» sogghigna il capo.

«Se lo conosco bene, è proprio quello che farà Barbet... Ci siamo!... La suoneria del centralino... O mi sbaglio di grosso, o... ».

Qualche istante dopo squilla il telefono dell'ufficio.

« Mi passi il signor Émile, per favore ».

« Chi parla? ».

« Barbet... Chiamo da Tolone... ».

« Da rue d'Alger, per caso? » ridacchia il direttore.

« No, da un bordello, con rispetto parlando... ».

« Come dice? ».

« Sì, ha capito bene... Si chiama La Maison des Fleurs... Ma il signor Émile non c'è?... Pronto!... È lei, signor Émile?... ».

Hanno passato il ricevitore a Émile, mentre il direttore della Polizia giudiziaria resta in ascolto all'altro. Torrence è sulle spine. Lucas si è appena affacciato alla porta.

« Senta, signor Émile... Da Mithouard, in rue d'Alger, mi hanno detto che l'ultimo pezzo di quel modello (forse proprio lo stesso che avevo in mano) era stato venduto a un balbuziente... Un tipo strano, hanno aggiunto... La cosa mi puzzava, ovviamente... Perciò ho pensato di fare un salto in quella certa casa che il nostro amico – il Banchiere, dico – ha qui a Tolone... Lei sa che un po' me ne intendo... Perciò vado dritto in cucina, dove qualcuno che lavora si trova sempre... Vedo un povero diavolo che pulisce verdure, ed è balbuziente... Gli mostro il coltello... E lo scemo mi dice subito:

« "Ma come... Gliel'ha dato il capo?...".

« Centro! Che gliene pare?... ».

« Senta, caro Torrence... ».

Torrence non batte ciglio. La verità è che piangerebbe di gioia, tanto forte è stata la paura. Ora il capo è tutto zucchero e miele.

« Detto tra noi, deve ammettere che è spiacevole

vedere un nostro veterano, uno dei nostri uomini migliori, schierarsi contro la Ditta, permettendosi di...».

«Le chiedo scusa, capo... Ma il mio cliente...».

«Il suo cliente... il suo cliente...».

«È innocente, no?».

«Certo che è innocente!... Ma nel frattempo ci siamo coperti di ridicolo... Ce ne saremmo accorti da soli che era innocente!».

Ora è Torrence a chiedere con aria candida:

«Quando?».

«Domani... Dopodomani... Tra una settimana... Un mese!... Ma ce ne saremmo accorti, diamine! Senza contare che voi dell'Agenzia O utilizzate certi metodi... certi metodi che...».

«Che danno un risultato immediato, no?».

«Ma che non sono legali! Rifletta, Torrence... La legge... La Legge, con la maiuscola... Se lo ricorda il fascicolo di quel tizio?... Com'è che si chiama?... Chuin... Strano nome!... Ebbene, quel fascicolo...».

«Quel fascicolo contiene tre volte la dicitura: "Rilasciato per mancanza di prove"» sbotta Torrence. «Ora si cambia musica... Pensi se se la fosse cavata per la quarta volta... Che sarebbe successo?... Che il mio cliente, come dice lei...».

Il capo preferisce tagliare corto.

«Il suo cliente!... Sempre il suo cliente!... Le ripeto che alla fine l'avremmo scagionato, il suo cliente... Senta un po'... Che ne dice di andare a mangiare una choucroute? Sono le due di notte, e...».

«Il fatto è che gli ho promesso...».

«Vuole proprio stracciarmi, eh? Pazienza! Va bene, porti il suo cliente!... E pure quell'insopportabile Émile... La brasserie Dauphine dovrebbe essere ancora aperta...».

«Sa, ci sarebbe la ragazza...».

«Ma sì, caro mio! Ma sì... Porteremo anche Julie...

Anzi, perché non invitare il... voglio dire l'assassino...
il Banchiere?...».

«Lui no, se non le dispiace, capo...».

E fu così che quella notte, alla brasserie Dauphine,
una strana tavolata ordinò choucroute con doppia
porzione di carne, mentre Lucas diceva con voce ti-
mida:

«No, davvero, non ho fame...».

LO STRANGOLATORE DI MORET

I

Dove, senza volerlo, due locandieri di Moret-sur-Loing traggono profitto da due delitti commessi in due camere numero 9.

I fatti accaddero il 7 giugno. Quando, come tutti, ne lessero la cronaca sui giornali, Torrence ed Émile si limitarono ad aggrottare la fronte senza immaginare che si sarebbero occupati di quel caso.

I giorni passarono, e ogni mattina i quotidiani titolavano pressappoco così: «Il mistero di Moret si infittisce».

I due delitti, commessi fuori dal territorio di Parigi, non erano di competenza del Quai des Orfèvres, ma della Pubblica Sicurezza, dove Torrence aveva meno amici che nella Polizia giudiziaria.

Quell'anno il mese di giugno era particolarmente bello, e così caldo che la gente passeggiava sui boulevard con la giacca ripiegata sul braccio. L'Agenzia O non aveva indagini di rilievo in corso.

Un lunedì mattina, arrivando in ufficio, Torrence ha la sorpresa di trovare Émile vestito di chiaro, come per una scampagnata.

«Se non le dispiace, andiamo a pranzo fuori città» annuncia.

«E il lavoro?».

«Sa bene che al momento non c'è granché da fare...».

Poco dopo sono tutti e due a bordo della macchinetta scoperta, così piccola che non si capisce come l'imponente Torrence possa entrarci.

«Da che parte vado?».

«Verso la foresta di Fontainebleau...».

Solo lungo la strada Torrence si ricorda di colpo dello strano caso di Moret-sur-Loing.

«A proposito, capo, la polizia ha scoperto qualcosa? È da parecchi giorni che non leggo i giornali...».

«Non ha scoperto niente, e secondo me niente scoprirà» risponde Émile in tono serio.

Torrence gli lancia uno sguardo di sottecchi.

«È per questo che andiamo lì?».

«In ogni caso ho voglia di pranzare in una di quelle due locande...».

«Per conto di chi lavoreremo?».

Il povero Torrence non riesce a concepire che un'agenzia investigativa privata, sia pure la famosa Agenzia O, possa lavorare per puro amore dell'arte. Ma Émile gli risponde placido:

«Forse per piacere nostro... Come sa, Torrence, ho un debole per i paesaggi fluviali... Moret è un posticino incantevole, a due passi dalla foresta più suggestiva del mondo...».

Ed è vero. Appena attraversata la foresta di Fontainebleau, scorgono un ridente paesino sulle sponde del Loing. Da un lato e dall'altro della strada principale le insegne di due locande oscillano nel chiaro sole mattutino: l'Écu d'Or a sinistra e Le Cheval Pie a destra.

Per i turisti che decidono di fare tappa a Moret anche solo per mangiare dev'essere difficile scegliere, come lo è per Torrence e il suo inseparabile Émile. Le due locande, infatti, sono pressoché identiche: i tipici alberghetti che si trovano ancora in tanti paesini dell'Île-de-France.

Tavoli con tovaglie vivaci sul marciapiede. Il menu sorretto da un cameriere di legno intagliato. Piante rigogliose in botti dipinte di verde.

All'interno, nella penombra, si intravede una sala accogliente, senza pretese, e un'ampia cucina in cui le domestiche sfaccendano mentre il proprietario va e viene con aria sussiegosa.

« Visto che ci troviamo a destra, restiamo a destra... Vada per Le Cheval Pie... ».

I due investigatori privati entrano nella sala, dove la luce ha una sfumatura arancione per via della tenda che ombreggia i tavoli all'aperto. Di fronte la tenda è gialla. È la differenza più significativa tra le due locande rivali.

« Buongiorno... Sarebbe possibile pranzare, più tardi, ed eventualmente fermarci a dormire? ».

Il proprietario, con in testa un cappello bianco da cuoco, li guarda incuriosito.

« Che nome? » chiede.

« Come, che nome? ».

« Suppongo che abbiate telefonato... ».

« Nient'affatto... ».

« Ma, signori miei... Dovreste sapere che da quando... insomma, da quando è successo quello che è successo, abbiamo tutti i tavoli prenotati, e anche le camere, fino all'ultimo canapè... ».

« E se provassimo di fronte?... ».

« È proprio inutile, signori miei. Considerate, tanto per cominciare, che c'è un continuo viavai di poliziotti... Per non parlare dei cinque o sei pescatori che mi sanno tanto di detective dilettanti... Poi ci sono le persone che cercano un anziano parente scomparso e sperano che uno dei due Parain... Questi qui ci tempestano di domande, soprattutto Emma, la ragazza

51

che ha servito il Parain nostro... L'altro, quello di fronte, l'ha servito Geneviève... E per finire ci sono i turisti, quelli che vengono a passare la giornata nella foresta o sulle rive del Loing e che si fanno un punto d'onore di pranzare o cenare da noi... Il telefono squilla a tutte le ore... Ve ne accorgerete tra poco!... Forse, sapendolo prima, potrei mettervi da parte un sandwich e un bicchiere di vino locale... Che vi dicevo? Il telefono!... Vado a rispondere... Se nel frattempo volete sedervi fuori al fresco... Emma!... Porta comunque da bere a questi signori...».

Già: si dice perfino che un giornalista inglese, noto per le sue inchieste sensazionali, abbia attraversato la Manica apposta, e in mancanza di camere libere nelle due locande abbia dovuto ripiegare sulla casa di una donna del paese.

Là, all'ombra deliziosa della tenda tesa sui tavolini all'aperto, lungo quella statale che ha mantenuto il suo carattere di strada regia, sembra impossibile che una sera...

Era il 7 giugno, una domenica, nel periodo dell'anno in cui la foresta di Fontainebleau pullula di gitanti.

«Avevamo fatto duecento coperti a pranzo e quasi altrettanti a cena...» dirà di lì a poco il proprietario dello Cheval Pie.

In quel bailamme di ciclisti, automobilisti, pedoni, famiglie numerose, coppiette e pescatori, è normale non prestare particolare attenzione a un cliente.

Allo Cheval Pie ricordano solo che il vecchietto è arrivato verso le sei del pomeriggio. Da dove? Come? Mistero. È stata Emma, la cameriera più sveglia, a farlo accomodare in un angolo e a servirlo.

«Era molto gentile, molto ammodo» ha già ripetuto centinaia di volte. «Indossava un vestito grigio e aveva una valigetta che ha posato di fianco alla sedia. Quando gli ho portato il dessert, mi ha chiesto se la camera 9 era libera. Ho pensato che avesse già dormito altre volte da noi e che fosse rimasto soddisfatto della camera 9. Ho chiesto alla padrona e sono tornata a dirgli che, per puro caso, la camera 9 era libera. Mi è sembrato contento ».

Poi tocca alla proprietaria. Era alla cassa quando il vecchietto è andato a prendere la chiave della 9.

« Con i turisti della domenica » spiega la donna « non siamo pignoli riguardo alla registrazione. Gli ho dato una scheda e gli ho detto di mettere solo il nome e la città di provenienza. E lui, con una grafia molto chiara, ha scritto: "Raphaël Parain, proveniente da Carcassonne". Non so se è salito subito. In sala c'era gente che faceva chiasso ed è dovuto intervenire mio marito. Il lunedì mattina... ».

Per il lunedì mattina bisogna tornare al racconto di Emma. Certo, questo racconto si arricchisce ogni giorno di nuovi particolari, ma si può dire che la sostanza sia rimasta la stessa.

« Erano le undici, e avevo già rifatto quattro camere. Pensavo che tutti gli ospiti fossero usciti, perciò non ho bussato alla porta della 9. L'ho aperta, non era chiusa a chiave. Vedendo che quel povero vecchio era ancora a letto, stavo per andarmene. Poi ho notato che aveva un braccio penzoloni. Mi sono avvicinata, e ho lanciato un urlo. Aveva il viso violaceo e gli occhi fuori dalle orbite...

« Abbiamo chiamato d'urgenza il dottor Maurice, che ha potuto solo constatare la morte e avvertire la polizia, perché Raphaël Parain era stato strangolato ».

« Questo è tutto ciò che possiamo dirvi, signori. Aggiungo che, contrariamente a quanto potreste pensare, la situazione non ci piace affatto. Certo, abbiamo tanti clienti, ma talmente tanti che non sappiamo più dove sbattere la testa. Siamo molto stanchi, stanchi soprattutto di ripetere questa storia dalla mattina alla sera... Ora, se volete far visita al mio collega di fronte... Anche se la sua locanda non è rinomata come la mia, ne ha fin sopra i capelli anche lui... Si figuri che, i primi giorni, in strada ci volevano tre gendarmi per tenere a bada i curiosi... La domenica successiva, in cantina non avevamo più un goccio di vino, né di birra, né di gazzosa...».

Al pari di tutti gli altri che li hanno preceduti, Torrence ed Émile vanno a sedersi ai tavolini del marciapiede dirimpetto. Il proprietario dell'Écu d'Or, con un tovagliolo annodato intorno al collo, porta sorridendo una caraffa di bianco della casa.

«Volete davvero che vi racconti di nuovo tutto dall'inizio?... Non avete idea di che bella scocciatura può essere...».

Ma tant'è: ciò che è accaduto domenica 7 giugno sfida ogni immaginazione. Mentre un anziano signore vestito di grigio, che affermava di chiamarsi Raphaël Parain e di venire da Carcassonne, cenava allo Cheval Pie e chiedeva la camera 9, un altro vecchietto in grigio si registrava con lo stesso nome all'Écu d'Or e chiedeva anche lui la camera 9.

Che cosa abbia fatto tra l'ora di cena e il momento di andare a letto nessuno se lo ricorda più. Anche all'Écu d'Or, quella sera, c'era la folla rumorosa delle domeniche di bel tempo.

In ogni caso il lunedì mattina, tra le undici e mezzogiorno, Geneviève, la cameriera dell'Écu d'Or, dopo aver bussato senza ottenere risposta, è entrata nella camera 9 e ha visto sul letto il corpo del cliente, che era stato strangolato durante la notte. Al dottor Maurice è bastato attraversare la strada, poiché si trovava già nella locanda di fronte. Per un'ora ha fatto la spola da un cadavere all'altro.

Il primo commento della polizia è stato:

«Non si assomigliano affatto...».

All'inizio, infatti, si era pensato che fossero fratelli, o addirittura gemelli. Anche se di solito i fratelli hanno nomi diversi.

Due uomini che si chiamano allo stesso modo, che dichiarano entrambi di venire da Carcassonne, che in due locande di Moret-sur-Loing chiedono la camera 9, e che subiscono la stessa sorte, nella stessa notte!

L'autorità giudiziaria ha subito mandato una rogatoria a Carcassonne, dove sono state fatte ricerche nei registri dell'anagrafe, degli alberghi e delle camere ammobiliate.

Il nome di Parain non risulta da nessuna parte.

I quotidiani hanno pubblicato le due fotografie nella stessa pagina e nello stesso giorno.

Da allora è passato quasi un mese, ma né l'uno né l'altro Raphaël Parain sono stati riconosciuti.

Nessun tassista si è presentato dicendo di averli portati a Moret. L'impiegato della stazioncina ferroviaria ha guardato le foto e ha scosso la testa.

« C'è stato un tale viavai, quel giorno!... Per giunta questi due vecchi non hanno nulla che dia nell'occhio ».

Sono stati esaminati anche i loro indumenti: non ci sono etichette di sartoria. Vestiti dignitosi, comodi, ma non di lusso. Nelle tasche, i soliti oggetti: temperino, fazzoletto, astuccio del tabacco, pipa e chiavi.

Secondo gli esperti, le chiavi di Parain 1 – non potendoli distinguere altrimenti, vengono chiamati Parain 1 e Parain 2 –, cioè di quello che è stato strangolato allo Cheval Pie, potrebbero essere di una casa di campagna.

L'unica chiave di Parain 2, quello dell'Écu d'Or, più moderna, sembrerebbe di una villetta di periferia.

Sono arrivate parecchie lettere che segnalano la sparizione di anziani signori un po' ovunque. Poliziotti e gendarmi stanno facendo del loro meglio. Non sono mai state stampate tante foto come nel caso delle due vittime dello strangolatore di Moret.

Tutto inutile.

Le autopsie, eseguite dal dottor Paul, affiancato per

l'occasione da due illustri colleghi, non hanno dato risultati significativi.

L'ora del delitto, per entrambe le vittime, è collocabile intorno alla mezzanotte – tra mezzanotte e l'una, per citare il rapporto.

L'età dei due uomini è più o meno la stessa: sui sessantacinque anni, a giudicare dallo stato degli organi.

C'è però un dettaglio: Parain 1, quello dello Cheval Pie, era gravemente malato di fegato, perciò la sera non aveva bevuto nemmeno un goccio, mentre Parain 2 si era scolato un paio di bicchierini.

«Cognac...» sospira il proprietario dell'Écu d'Or. «È inutile dire che, da allora, la maggior parte dei clienti vuole un cognac, e certi pretendono addirittura di essere serviti dalla stessa bottiglia!... Naturalmente io rispondo di sì!... Il commercio è commercio!... Ma se sapeste quante volte, nell'ultimo mese, ho dovuto riempirla, quella bottiglia!...».

Per finire, sembra – su questo punto Geneviève non è categorica come Emma, ma è vero che è più sbadata – sembra che anche il Parain dell'Écu d'Or avesse con sé una valigetta ventiquattrore.

Entrambe le valigette sono sparite.

«To', pure lei su questo caso?».

Torrence si gira a guardare il tizio che l'ha interpellato, un omino grassoccio di cui non ricorda il nome, ma che ha già incontrato nei corridoi della Pubblica Sicurezza.

«Sono l'ispettore Bichon... Ci siamo tutti... Il Grande Capo ha i nervi a fior di pelle... Ogni due o tre giorni nomina una nuova squadra per ricominciare l'inchiesta da zero... Dica un po'... Se l'Agenzia O è qui, significa che qualcuno l'ha incaricata di...».

Émile fa un cenno a Torrence, che capisce al volo.

«Ne è certo?» replica con aria candida.

«Certissimo! Dovrò tenervi d'occhio, signori miei...

Li conosco, gli investigatori privati. Non sono così ricchi da scomodarsi per niente...».

Quando l'ispettore Bichon si allontana, Émile si limita a mormorare:

«Che imbecille!».

«Ma perché ha voluto che...».

«Innanzitutto perché quel piccoletto troppo sicuro di sé non mi piace... Poi perché è sempre meglio incuriosire la gente... Così magari si sbilancia... In ogni caso, finché crederanno che sappiamo qualcosa ci tratteranno con rispetto... Guardi, capo, mi sa che cominciano ad arrivare i turisti...».

In effetti sono le undici e già la guardia campestre si sbraccia per far parcheggiare le auto ai lati della strada. Molte macchine fotografiche. Molte belle donne.

I visitatori passano da una locanda all'altra, tirando per il grembiule ora Emma, ora Geneviève. Alcuni non esitano ad allungare una congrua mancia per ottenere un racconto dettagliato.

In una situazione del genere, come potrebbero le due povere ragazze non cedere alla tentazione di abbellire un po' la loro storia?

Un giovanottone con gli occhiali di tartaruga, sceso da una motocicletta, cerca di far parlare Emma.

«Dava l'impressione di aspettare qualcuno, vero?» chiede in tono convinto – una convinzione probabilmente dovuta alla lettura di numerosi romanzi polizieschi.

«Può darsi» risponde la cameriera.

«È così, andiamo!... Lei lo sa benissimo, ma non vuole dirlo... Scommetto che era nervoso, preoccupato...».

«Può essere...».

«Ah, lo ammette!».

E si allontana tutto soddisfatto.

Un tizio alto e magro, con i pantaloni alla zuava, se ne sta seduto a un tavolino sul marciapiede come se fosse a casa sua e sembra immerso nella contemplazione della locanda di fronte.

«Chi è?» chiede Émile, che ha chiamato Geneviève.

«Il signor Norton... Il giornalista inglese... Non è un chiacchierone, lui, e non si prende la briga di fare domande... Se scoprirà qualcosa sarà solo nel fondo di tutti i bicchieri che si scola ogni giorno...».

Ciononostante il Norton in questione ha sentito tutto e ha già adocchiato Émile e Torrence.

Forza! Il proprietario dello Cheval Pie ha promesso dei sandwich, il che è sempre meglio di niente. Quello dell'Écu d'Or ha messo a disposizione dei due detective una stanzetta nel sottotetto, in realtà una mansarda, che di solito è occupata dalla domestica. Dove dormirà la domestica nel frattempo? Poco importa. Forse in cucina. Gli affari sono affari.

Un intraprendente venditore ambulante che ha fotografato le due locande in formato cartolina va di tavolo in tavolo.

«Comprate un souvenir del "Mistero dei due Parain", il caso più sconcertante del secolo...».

Sembra una fiera. Le macchine arrivano e ripartono. La gente visita le due camere 9 come se fossero grotte preistoriche. Poco ci manca che occorra mettere i tornelli.

Torrence è di cattivo umore. I sandwich sono un pasto irrisorio per il suo stomaco capace. La folla non gli piace.

«Spera davvero di scoprire qualcosa?» chiede a Émile.

Ed Émile, abbassando modestamente lo sguardo sul suo bicchiere – il vinello locale va giù che è una bellezza! –, risponde:

«Una cosa l'ho già scoperta...».

«Sono proprio curioso...».

«Qualcuno ha dato appuntamento qui ai due Parain, che con ogni probabilità non si chiamavano affatto così...».

«Non capisco...».

«Neanch'io... Mi limito a constatare... Se fosse il loro vero nome, qualcuno li avrebbe identificati, a meno di non pensare che fossero entrambi orfani, senza famiglia, e vivessero nella più assoluta solitudine, senza amici, senza relazioni, senza un padrone di casa e perfino senza un esattore delle tasse, il che è ancora più raro...».

«Non avevo pensato all'esattore delle tasse...» ammette Torrence aggrottando la fronte.

«Passi che una persona non abbia amici, né parenti, ma se non è un autentico morto di fame, senza tetto, né domicilio, l'esattore delle tasse deve averlo per forza... Le dispiace telefonare alla signorina Berthe?... Le dica di scrivere una lettera circolare e di spedirla entro stasera a tutti gli esattori francesi... Anche se sono sicuro che non servirà a niente...».

«Scusi... Ma se ha appena detto che...».

«Appunto!».

«Ci capisco sempre meno...».

«Telefoni, capo... Con il ciclostile, nel giro di poche ore potranno partire migliaia di lettere. Per la verità, non ho la minima idea di quanti esattori delle imposte ci siano in Francia... Come dice, scusi?».

Émile si è alzato. Quello spilungone di giornalista che risponde al nome di Norton si è avvicinato al loro tavolo e, con una strabiliante faccia tosta, ha mormorato:

«Permettete, signori?».

E insiste:

«Ho chiesto se permettete... Il signor Torrence, vero?... Piacere... Norton... Credo che sarebbe molto utile a entrambi se... Come dite, voi francesi?... Se facessimo due chiacchiere... Yes!... Che cosa beve?...».

È evidente che, a causa del suo abbigliamento, Norton ha preso Émile per un impiegato qualsiasi. Quindi lo ignora. Anzi per poco non gli pesta i piedi mentre distende le lunghissime gambe.

«Dicevo, caro signor Torrence... È un caso molto appassionante, non trova?... Lo sa che una volta ho conosciuto un certo Raphaël Parain?... Yes... Nel Pacifico, a Tahiti... Un vecchio signore piuttosto bizzarro... Ma non somigliava a nessuno dei due cadaveri... Signorina Geneviève... Un altro cognac, per favore...».

Pronuncia *cògnac*... E sembra averne ingurgitato più del dovuto.

II

Dove Émile il Rosso incontra una giovane donna triste, mentre Barbet si vede affidare un altro incarico.

«Che idea si è fatto del giornalista?» chiede Torrence quando l'inglese, dopo aver vuotato d'un fiato il bicchiere, si allontana barcollante.

«L'idea di uno che chiacchiera troppo, o troppo poco, e che evidentemente era ansioso di conoscerla...» risponde Émile mordicchiando la sua solita sigaretta spenta. «Senta, capo, visto che neanche Barbet ha granché da fare, quando telefona in ufficio gli dica di venire qui. Ma che se ne stia per conto suo. Così, dato che nessuno sa chi è, potrà mettersi alle costole di quell'inglese...».

«Lei ci crede a questa storia di Tahiti?».

«Penso che uno dei due Raphaël Parain soffriva di fegato... Penso anche... Ma è ancora troppo vago, capo... Ho bisogno di andare a passeggiare da solo lungo il fiume. A volta il *cògnac*, come dice il nostro giornalista, fa parlare a vanvera...».

Sulle rive del Loing regna una pace idilliaca. Émile

vagabonda con le mani in tasca, poi taglia un rametto e comincia a scortecciarlo meticolosamente, come un ragazzino.

Un paio di volte si ferma a guardare i pescatori. A una curva del fiume rischia di scontrarsi con una signora sulla quarantina, vestita di nero, che cammina lentamente nell'erba alta, a capo chino.

« Scusi, signora... ».

« Niente... » mormora lei abbozzando un sorriso triste.

Émile la supera. Dopo un bel po' si gira e la vede avanzare ancora con la stessa lentezza, disdegnando il sentiero a pochi metri da lei. Émile si accovaccia dietro un cespuglio per osservarla meglio.

Con ogni probabilità è in lutto: indossa abiti di una severità eccessiva ed è pettinata senza alcuna civetteria.

Forse sta cercando qualcosa. Un tempo, quand'era bambino, capitava anche a lui di perlustrare così la campagna. Era l'epoca in cui si era messo in testa di collezionare insetti, soprattutto scarabei, ed era capace di scrutare per ore una fogliolina o un minuscolo filo d'erba.

La donna percorre circa cento metri, mai di più, poi inverte la direzione di marcia, senza però tornare sui suoi passi, bensì seguendo una linea parallela, a un metro dalla precedente.

Ma che cosa avrà da cercare sulla sponda del Loing? Ogni tanto si china, come per cogliere un fiorellino, ma si limita a scostare con la mano le erbacce, poi riprende la sua monotona passeggiata.

Alle sette Émile ritorna all'Écu d'Or. Torrence, che nel frattempo ha scambiato due chiacchiere con gli ex colleghi della polizia, lo aggiorna sulle ultime notizie:

« Gli uomini della Pubblica Sicurezza hanno stilato un elenco di tutti i viaggiatori che hanno dormito nelle due locande il 7 giugno. Alcuni sono clienti abituali, per lo più appassionati di pesca che vengono ogni settimana, dal sabato al lunedì mattina. Su questo fronte, niente di rilevante da segnalare. Del resto sono stati interrogati dal primo all'ultimo...».

«Nessuno di loro, nelle domeniche successive, ha notato qualcosa di insolito nel fiume o sulla riva?».

«Penso di no. Non mi è stato riferito nulla in proposito... Passo alla seconda categoria di ospiti, quella più delicata... Come in tutte le locande non troppo distanti da Parigi, c'erano delle coppie... Coppie non sempre regolari, che spesso si registrano sotto falso nome... Alcuni non sono ancora stati rintracciati... E per finire gli ospiti di passaggio... Turisti provenienti dal Midi, o diretti da quelle parti, che hanno fatto tappa lungo la strada... Ho la lista in tasca...».

«Sarei curioso di sapere se tra questi c'era un inglese o un polinesiano» mormora Émile.

«Un inglese con la figlia... Un certo Walden e... Strano che lei mi abbia fatto questa domanda... Ha trascorso gran parte della sua vita in Polinesia, ma ora si è stabilito a Cagnes-sur-Mer, non lontano da Nizza...».

«In quale locanda era?».

Torrence consulta la lista.

«Bizzarro...» borbotta. «Forse a causa del pienone... Vedo che sono arrivati tardi, dopo le otto di sera... Il padre ha dormito all'Écu, camera 10, e la figlia allo Cheval Pie, camera... Senta, Émile... Scommetto che lei ha qualcosa in mente!... È piuttosto singolare che il padre, all'Écu, abbia passato la notte nella camera attigua alla 9, e che nell'albergo di fronte la figlia abbia avuto la camera 15, cioè quella sopra la 9...».

Émile mormora con aria candida:

«Non vorrà mica sostenere che una ragazza si sia introdotta nella camera del vecchio per strangolarlo?...».

Mentre stanno cenando Émile vede arrivare la donna in lutto che nel pomeriggio perlustrava la riva del fiume. Si siede a un tavolo apparecchiato solo per lei. Il portatovagliolo e la bottiglia di vino già iniziata dimostrano che non è una cliente di passaggio.

«Senta, Geneviève...».

«Dica, signore...».

«Quella signora lì...».

«La signora Séquaris, sì...».

«Da quanto tempo è qua?».

«Da parecchio, signore, quasi un mese... Ha avuto una disgrazia e ha bisogno di tranquillità...».

«Riceve visite?».

«Non le ho mai visto rivolgere la parola a nessuno tranne che a noi del personale quando desidera qualcosa».

«Lettere?».

«Ora che mi ci fa pensare... Il postino non ha mai lasciato niente per lei... Però... Strano, appena ti metti a riflettere...».

«Dica, dica...».

«Quando non passeggia, la signora Séquaris scrive per ore... Di solito, se mandi molte lettere, ne ricevi anche tu... È questo che mi colpisce...».

«Nient'altro?».

«In effetti... Ma è una cosa da nulla... Un giorno che sul suo tavolo c'era una pila di buste pronte per essere spedite, e che io stavo andando alla posta, le ho detto:

«"Dia a me, le porto io...".

«Magari mi sbaglio, ma ho avuto l'impressione che fosse quasi spaventata...

«"No, grazie!" ha esclamato, togliendomele di mano. "Non ho finito". E... Incredibile quante cose mi fa venire in mente lei... L'ufficio postale è in questa stessa strada, pochi isolati più avanti... A volte passo tutta la giornata a servire i tavolini all'aperto... Quando abbiamo pensionanti, sono sicura che prima o poi li vedrò imbucare lettere o cartoline... Sa, nei piccoli centri è inevitabile notare quello che fa la gente...

«Eppure la signora Séquaris non l'ho mai vista davanti alla buca...».

«Sarebbe così gentile da verificare la data esatta del suo arrivo?».

Dieci minuti dopo Émile e Torrence hanno la risposta.

«Il 6 giugno, signore... Proprio il giorno prima del...».

Torrence, su di giri, guarda Émile con curiosità.

«Quando sarà comodo, vorrei tanto che mi dicesse come ha fatto a individuare questa pista e che cosa...».

«Non c'è nessuna pista» taglia corto Émile. «Procedo a tentoni, gliel'assicuro. Ne so quanto lei. To', ecco il suo ex collega, l'ispettore Bichon. Gli chieda chi è questa signora Séquaris, così guadagniamo tempo. Lui dovrebbe avere informazioni dettagliate su tutti gli ospiti dell'albergo...».

L'ispettore Bichon, interrogato in merito, strizza l'occhio.

«Eh, non siete i soli ad averci pensato!... Troppo facile, signori miei!... La viaggiatrice che arriva giusto un giorno prima dei due Parain... Ma, in primo luogo, se fosse in qualche modo coinvolta in questa storia, non avrebbe alcun motivo di restare qui. In secondo luogo, non può essere stata una donna a strangolare i due vecchi, che erano ancora robusti. E, per finire, abbiamo avuto ottime referenze su di lei... Questa signora, che è nata nei dintorni...».

«Strano che nessuno sembri conoscerla...».

«Prima di tutto perché i suoi genitori non erano di queste parti, ma hanno comprato una villa a pochi chilometri da Moret... Poi perché ha lasciato la Francia da bambina... Come vedete, abbiamo informazioni precise... La signora Séquaris ha vissuto a lungo in Sudamerica, dove faceva la governante in una famiglia ricca... In seguito a un lutto è tornata in patria, e per il momento si concede un periodo di riposo qui...».

«Ha perso il marito?».

«Proprio così... Tra l'altro, era sposata da poco... Il nome da nubile, se volete saperlo, è Gélis... Irène Gélis... Ora, signori, non mi resta che augurarvi buona fortuna... Se non sbaglio, tradizione vuole che gli investigatori privati battano sul tempo quei tonti della polizia...».

Detto ciò, ridacchia sotto i baffi e si allontana soddisfatto di sé.

«Ci si raccapezza, lei?» chiede stizzito Torrence.

Non è roba che fa per lui, si capisce dalla sua svogliatezza. Da degno allievo di Maigret, Torrence preferisce le inchieste in cui ci si butta a capofitto, con più cocciutaggine, e a volte brutalità, che sottigliezza. Per giunta, l'atmosfera estiva che si respira a Moret lo rammollisce. Fosse per lui, si piazzerebbe a un tavolino all'aperto e passerebbe la giornata in maniche di camicia a fumare la pipa e bere vinello locale.

«Vorrei tanto sapere che cosa si può far sparire in mezzo all'erba...» sospira Émile. «E sono curioso di vedere se domani quella vedova dallo sguardo triste continuerà a perlustrare lo stesso pezzo di terreno, o se invece allargherà il campo delle ricerche...».

Di lì a poco arriva Barbet, il fattorino dell'Agenzia O. Avendo ricevuto per telefono precise istruzioni, fa finta di non conoscere Émile e Torrence. Mentre alle nove di sera è già impegnato in un'interminabile serie di partite a biliardo con il giornalista inglese, e tutti si chiedono preoccupati chi dei due soccomberà per primo ai numerosi bicchieri che si scolano.

«Speriamo che il nostro amico Norton sia abbastanza ubriaco» commenta Émile.

«Perché? Crede che parlerà?».

« No, ma potrebbe mettersi a menare le mani, e quasi tutti gli inglesi praticano la boxe. Se conosco bene Barbet, non resisterà alla tentazione di frugare nelle tasche della sua nuova conoscenza... ».

Un'ora dopo i due detective salgono nella mansarda ceduta dalla domestica. Alla fine Émile accetta di dormire nel letto di ferro, che del resto è troppo piccolo per il suo corpulento compagno di stanza, e Torrence si allunga sul pavimento.

Émile russa da un pezzo quando, un paio d'ore più tardi, Torrence lo chiama sottovoce:

« Capo... Ehi, capo... ».

« È già mattina? ».

« Ma no... Sst!... Non si muova, mi raccomando... Non faccia cigolare il letto... Aspetti che guardo l'orologio... L'una e mezzo... Be', c'è gente che parla proprio sotto la mia testa... All'inizio non capivo che cosa mi impedisse di prendere sonno... Continuavo a ripetermi che prima o poi avrebbero smesso... Ma ormai va avanti così da due ore... Lo trova normale, lei? ».

« Da chi è occupata la camera sotto la nostra mansarda? ».

« Ma... Diamine!... Ha ragione... Da quella vedova di cui mi ha parlato per tutta la cena... La signora Séquaris... Con chi diavolo può discutere di notte, per ore?... Proprio lei che durante il giorno non rivolge la parola a nessuno... ».

L'indomani mattina, quando scendono a fare colazione sotto un sole radioso, mentre il locandiere, per prevenire la polvere, bagna il marciapiede, Émile e Torrence hanno la sorpresa di vedere Barbet che beve un caffellatte al tavolo di fronte al loro, sfoggiando un magnifico occhio pesto e un naso tumefatto.

« Che cosa le avevo detto, capo? ».

Con un gesto discreto Barbet indica una bicicletta

accostata al marciapiede. L'ha appena noleggiata. Secondo gli accordi, qualora avesse avuto bisogno di comunicare con loro, si sarebbero incontrati a un certo incrocio della foresta.

Torrence sale in macchina e va all'appuntamento, mentre Émile preferisce passeggiare lungo il fiume, dove ben presto scorge la signora Séquaris, più dignitosa e triste che mai, intenta come il giorno prima a osservare l'erba ai suoi piedi.

Ma la donna ha cambiato posto: ora sta ispezionando un'area limitrofa a quella in cui si trovava il pomeriggio precedente, come se avesse diviso la sponda in settori, riproponendosi di esplorarne uno al giorno.

III

Dove un certo inglese sparisce misteriosamente proprio quando le sue rivelazioni danno un risultato.

Torrence non era ancora rientrato, ed Émile era tornato a Moret, dove camminava per il paese aspettando l'ora di pranzo. Ma cosa c'era, quella mattina, nella strada che già gli era diventata familiare, a sembrargli diverso? Capitano di questi momenti in cui percepisci qualcosa di insolito, ma non sai dire di che si tratta.

Era passato un quarto d'ora, ed Émile pensava già ad altro quando a un tratto si batté una mano sulla fronte.

«Norton!...».

Non c'era traccia di Norton, che abitualmente riempiva tutta la strada con la sua inconfondibile sagoma. Émile s'informò all'Écu d'Or e allo Cheval Pie, dove a quell'ora il giornalista avrebbe già dovuto essersi scolato parecchi bicchieri.

«È vero, stamattina non si è visto!...» confermò Emma. «Strano, perché anche quando la sera prima ha alzato un po' troppo il gomito l'indomani è in piedi di buonora, pronto a ricominciare».

Émile si diresse pensieroso verso la casetta di campagna dove l'inglese aveva affittato una camera. Era una piccola costruzione a un solo piano, circondata da un giardino pieno di fiori. Una donna rigovernava la cucina immersa in una fresca penombra.

«Buongiorno, signora... Il signor Norton, per favore?...».

«Già... Era proprio quello che mi stavo chiedendo... Si figuri che stamattina non l'ho neanche incrociato... Quando sono andata a portargli la colazione, in camera non c'era nessuno, e il letto non era stato disfatto... Eppure...».

La donna tacque, come se si fosse pentita di aver già detto troppo.

«Eppure?...» insisté Émile.

«Niente... Parlavo da sola...».

Émile ebbe un'intuizione.

«Lo so che cosa voleva dire... Stamattina il signor Norton non era in camera sua... Il letto non era disfatto... *Eppure* stanotte lei aveva avuto l'impressione di sentirlo rientrare, vero?».

«Esatto...».

«Che ora era?».

«Molto tardi... Quasi l'alba...».

«Le dispiace farmi dare un'occhiata alla camera?... Non si preoccupi... Non toccherò niente... Del resto ci sarà anche lei...».

La camera era sul retro della casa e aveva una porta che dava direttamente in giardino.

In un angolo c'era una grande valigia di cuoio, ed Émile constatò che era chiusa a chiave. Gli oggetti da toilette erano ancora sul cassettone e dall'attaccapanni pendeva un vestito di tweed.

«Bene, signora, la ringrazio... Spero che il signor Norton torni presto... Nel frattempo, le consiglio di non far entrare nessuno in questa stanza...».

Un quarto d'ora dopo Torrence arrivò all'Écu, dove trovò Émile.

«Non c'è granché» annunciò l'ex ispettore della Polizia giudiziaria. «Ieri sera il nostro Barbet e l'inglese ci hanno dato dentro di brutto. Verso mezzanotte Norton sembrava ubriaco, e i due sono andati a prendere una boccata d'aria in strada. Ma, mentre Barbet meno se l'aspettava, il suo nuovo amico gli ha assestato con freddezza un diretto sinistro e un gancio destro sul mento».

«Per caso Barbet, tanto per cambiare, aveva cercato di vuotargli le tasche?».

«Lui giura di no... Comunque da quel momento si è fatto più furbo... Invece di reagire, si è lasciato mettere al tappeto ed è rimasto a terra per un po'... Così ha visto che l'inglese, credendo di esserselo tolto dai piedi, tornava di corsa all'Écu... Avevano appena chiuso le porte della locanda, ma Norton è riuscito a passare dalle vecchie scuderie, e qualche istante dopo bussava con cautela alla porta della signora Séquaris... Tutto qui... E lei, capo?».

Émile alzò le spalle con aria cupa.

«È scomparso!» sospirò.

«Chi, Norton?... Ma come?... Dov'è andato?... Era a piedi... Perciò, se ha lasciato Moret, deve aver preso il treno...».

Non ci volle molto ad appurare che l'inglese, la cui fisionomia era diventata familiare a tutti, non aveva preso il treno, e tantomeno noleggiato una macchina. Non disponeva di una bicicletta, e non risultava che ne fossero state rubate nei dintorni.

I due detective stavano finendo di mangiare – quel giorno avevano ottenuto un pranzo completo – quando la direttrice dell'ufficio postale chiamò Torrence al telefono.

« È arrivata la risposta al radiotelegramma che ha mandato a Tahiti... Se vuole venire... ».

Il capo della polizia di Tahiti, furibondo per quella corrispondenza che gli costava trentadue franchi a parola, scriveva a Torrence le seguenti informazioni:

« Raphaël Parain imbarcato il 26 aprile sul piroscafo *Ville de Verdun* stop Arrivato a Marsiglia il 5 giugno stop Sessantaquattro anni, altezza media, carnagione chiara, capelli bianchi, segni particolari nessuno ».

Faceva caldo, quel giorno, e per la prima volta Torrence aveva l'impressione che Émile non sapesse che pesci pigliare.

« Davvero un bel passo avanti!... Chi è dei due?... A giudicare dalle fotografie e dai rapporti della polizia, entrambi erano sui sessantacinque anni e avevano i capelli bianchi e la carnagione chiara... Come sapere qual è quello vero? ».

« E se fossero tutti e due falsi? » ribatté Émile con aria seria.

« Va detto che, sbarcando a Marsiglia il 5 giugno, aveva giusto il tempo di arrivare a Moret il 7... ».

Émile non si prese la briga di rispondere. Per un'ora restò seduto a un tavolino dell'Écu mordicchiando la solita sigaretta spenta, e dovette cambiare di posto due volte perché l'ombra si muoveva. Torrence cominciava a spazientirsi.

« E va bene! » sbottò alla fine il giovanottone con i capelli rossi. « Visto che ci siamo dati alle spese... Ne abbiamo già per qualche centinaio di franchi, vero?... Venga con me all'ufficio postale... ».

Quando furono lì, Émile chiese una comunicazione urgente con il «Daily News», a Londra. L'ispettore Bichon, che stava ritirando la corrispondenza, li guardò stupito e si allontanò in fretta, forse per andare a riferire l'informazione ai suoi superiori.

Émile, che parlava l'inglese, riuscì con facilità a farsi passare la segretaria di redazione del giornale londinese.

«Potrebbe dirmi se nelle ultime ventiquattr'ore avete ricevuto notizie dal vostro inviato William Norton?».

«Norton?... Non ne abbiamo notizie da più di un mese...».

«Un momento... Non riattacchi, per favore... William Norton lavora con voi, no?».

Con ogni evidenza la segretaria all'altro capo del filo esitava a rispondere.

«Chi è lei, scusi?...».

«Agenzia O... Norton è scomparso... Potrebbe essere stato ucciso... Ci stiamo occupando del caso...».

«William Norton collabora con noi, ma solo per le grandi inchieste... Da più di un anno ha lasciato l'Europa per un lungo viaggio nel Pacifico... Non sappiamo ancora quando tornerà, ma il suo ultimo telegramma proveniva da Panama...».

«In che data?».

«Aspetti in linea...».

L'attesa fu piuttosto lunga, ed Émile ebbe il tempo di masticare almeno un quarto di sigaretta, assaporando con una smorfia l'amaro del tabacco.

«Pronto!... Il telegramma è del 16 maggio... Norton si limita ad annunciare il suo imminente ritorno, senza dire con quale nave rientrerà...».

«Grazie mille... La terrò al corrente... Può darmi i connotati del vostro collaboratore?».

La descrizione, benché sommaria, corrispondeva a quella del giornalista.

«Un'ultima domanda... Beveva molto?».

«Molto è dir poco...».

Era proprio lui.

«Bene...» mormorò Émile riagganciando. «Ora, Torrence, telefoniamo alle Messaggerie marittime... E scommetto che il *Ville de Verdun* ha fatto scalo a Panama il 15 maggio... In altri termini, Norton e il famoso Raphaël Parain viaggiavano a bordo dello stesso piroscafo...».

«Strano che qui abbia sostenuto di essere venuto apposta dall'Inghilterra per occuparsi di questo caso...».

Émile non rispose neanche stavolta, ma poco dopo sospirò:

«Dio mio, capo, temo che la mia nota spese si allungherà ancora...».

In realtà, erano soldi suoi, perché Émile era il proprietario e al tempo stesso il cervello dell'Agenzia O. Cionondimeno, Torrence aveva potere di controllo dei documenti amministrativi, tanto più che a fine anno riceveva una grossa percentuale sugli introiti.

«Le Messaggerie marittime di Parigi non avranno le informazioni che ci servono... Al momento le carte devono essere ancora nell'ufficio di Marsiglia... Chiami le Messaggerie di Marsiglia, per favore».

Alla direttrice dell'ufficio postale di Moret non era mai capitato di fornire tanti servizi costosi in così poco tempo.

«Marsiglia in linea, signore...».

«Messaggerie?... Mi passi lo sportello della compagnia che fa la rotta per l'Oceania... Sì... Grazie... Pronto!... Dovreste avere la lista dei passeggeri del *Ville de Verdun*... Come dice?... Sì, l'ultima traversata... Vorrei accertarmi che a bordo vi fossero alcune persone di cui ora le darò i nomi... Innanzitutto un certo Raphaël Parain... Come?... Sì, proprio lui...».

All'altro capo del filo il funzionario era trasalito e aveva chiesto se si trattava del Parain di cui si era tanto parlato a proposito del caso di Moret.

Mentre quello andava a prendere i documenti nell'ufficio accanto, Émile, con la cornetta all'orecchio, spiegava a Torrence:

«Sospettavo qualcosa del genere... Il *Ville de Verdun* è ripartito poco dopo aver toccato Marsiglia... Il commissario di bordo e gli ufficiali che hanno conosciuto Parain durante la traversata, e che dunque sapevano del suo arrivo in Francia, sono in mare e non hanno letto i giornali... Pronto!... Sì... Cabina 2, ha detto?... Come?... Ripeta, per favore, perché questo mi interessa in modo particolare... Stava male e per tutto il viaggio non è mai uscito dalla cabina?... Sì, è una notizia importantissima... Infatti, come dice lei, questo spiega perché gli altri passeggeri non l'abbiano mai sentito nominare... Un momento... Non ho finito...

«Visto che ha sott'occhio la lista, può dirmi se c'è anche un certo William Norton, di nazionalità britannica... Bene... Me l'aspettavo... Dov'è salito?... A Tahiti?... Non riattacchi, per favore... Signorina, mi serve qualche altro minuto...

«Pronto! Un ultimo nome... Irène Séquaris... S come Simon... Sì... Non lo trova?...».

Sul viso di Émile si dipinse un'espressione contrariata.

«Abbia pazienza, signore... Mi faccia la cortesia di restare in linea...».

E, girandosi verso Torrence:

«Se lo ricorda il cognome da ragazza?... Mi pare che l'avesse annotato...».

Torrence cercò nel suo taccuino.

«Gélis...».

«Pronto!... Le dispiace controllare se sulla lista dei passeggeri figura una certa signora o signorina Gélis?».

Si tamponò il viso con un fazzoletto perché grondava sudore e la cabina telefonica era un forno.

« Come?... Sì?... Benissimo!...».

Aveva lanciato un vero e proprio urlo di trionfo.

« È salita anche lei a Tahiti?... È scesa a Panama?...
Senta, caro signore... Lo so che la sto disturbando, ma
non può immaginare quanto siano provvidenziali le
sue informazioni... Sulla base dei documenti che ha
in mano, le è possibile dirmi se questa signorina aveva un biglietto per Panama o per Marsiglia?...».

La risposta giunse dopo qualche secondo:

« Marsiglia...».

« Devo chiederle un'ultima cortesia... Mi farà guadagnare del tempo prezioso... Suppongo che abbia
gli orari di tutte le compagnie di navigazione francesi
e straniere... Io sono qui, in un paesino dove non ho
modo di procurarmi le indicazioni necessarie... Sarebbe così gentile da verificare se il 15 o il 16 maggio
nel porto di Panama c'era un altro piroscafo per l'Europa...».

« Mi ci vorranno tre o quattro minuti...».

« Costerà un capitale, questa telefonata!...» sospirò
Torrence. « Lo sapevo... Quando si lavora per la glo-
ria...».

« Pronto!... Come dice?... *Stella Polaris*?... Che cos'è
esattamente?... Ah, un transatlantico norvegese che
tornava da una crociera di lusso intorno al mondo...
Sì... E qual era il primo scalo previsto in Europa?...
Come?... Liverpool?... Il 3 giugno... La ringrazio... Sì,
questa volta ho finito... Spiacente, comprendo la sua
curiosità, ma mi duole dirle che non posso risponder-
le... Anche volendo, al momento non sono in grado
di... Sì... Grazie... Mi faccia il favore di confermarmi
queste informazioni per iscritto... Torrence, direttore
dell'Agenzia O, fermoposta, a Moret-sur-Loing...».

Quando Émile uscì dalla cabina era rosso come un
peperone e prima di pagare la telefonata sentì il bisogno di prendere una boccata d'aria sul marciapiede.

74

Torrence, piuttosto seccato, non poté fare a meno di borbottare:

«Suppongo che ora vorrà imbarcarsi sulla prima nave per Tahiti...».

«Non sarebbe una cattiva idea... Purtroppo rischia di essere un procedimento un po' lungo... Tanto più che tutto ciò che poteva esserci d'interessante a Tahiti ormai è qui a Moret... Mi sta venendo mal di testa, capo, mi sa che faremmo bene a berci una birra all'ombra...».

A un tavolino dell'Écu d'Or scorsero la signora Séquaris intenta a riempire fogli su fogli con una grafia minuta.

«Due birre...» ordinò Torrence.

«Vede, capo, era chiaro che quei due uomini, di cui nessuno conosceva l'esistenza, venivano da lontano...».

«Perché usa il plurale? Per quanto ne sappiamo, c'era un solo Raphaël Parain a bordo... Perciò, qui, su due cadaveri, c'erano per forza un Raphaël Parain vero e uno falso».

«Ne è sicuro?».

Torrence strinse i denti e non rispose. In certi momenti, soprattutto quando assumeva quell'aria modesta e innocente, il suo collaboratore Émile aveva il dono di farlo uscire dai gangheri.

«Domattina riceveremo la lista completa dei passeggeri, con tutte le informazioni che la Compagnia potrà fornirci su ciascuno di loro... Quello che non mi quadrava era che la signora Séquaris fosse arrivata a Moret prima del 7 giugno... Non avevo pensato a Tahiti... Non sapevo che i collegamenti sulla linea francese sono molto lenti, assicurati da navi miste, e che a Panama, con un po' di fortuna, è possibile trovare una nave più veloce per completare il viaggio... Da Liverpool, prendendo l'aereo... A proposito... Ci sarebbe un modo semplicissimo per verificare quello che abbiamo scoperto... Se la signora Séquaris è arrivata in aereo, non deve avere con sé molti bagagli, benché sia qui da un mese e sembri intenzionata a restarci a lungo... Se, mentre noi la teniamo d'occhio, Barbet facesse un salto in camera sua...».

Torrence si allontanò e poco dopo, quando fu di ritorno, gli bastò un cenno per confermargli che Barbet era di sopra. La donna continuava a scrivere, e ogni tanto sollevava la testa guardando i due uomini con indifferenza.

A un tratto si udì un gran baccano. Un uomo si precipitò giù per le scale della locanda e attraversò la sala, con gli occhi fuori dalle orbite, stravolto, gridando:

«Capo... Capo...».

La signora Séquaris trasalì, e fece per alzarsi.

«Capo!... Presto!... Di sopra... Un cadavere...».

Con un balzo Émile fu accanto alla donna, che stava raccogliendo le sue carte, probabilmente con l'intenzione di andarsene.

«Un momento, signora...».

«Ma lei non ha il diritto di...».

«Che ne abbia o no il diritto, le proibisco di muoversi... Torrence!... Salga a vedere...».

Parapiglia. I curiosi che affollavano il marciapiede corsero dentro tutti insieme.

«La prego, signore...» balbettò la donna. «Lei non sa...».

«È Norton?» chiese Émile sottovoce.

Le aveva preso il braccio e glielo stringeva come in una morsa. La signora Séquaris annuì.

«È stata lei?...».

Gli occhi le si riempirono di lacrime.

«Lei è un demonio...» mormorò. «Ancora non capisco come abbia fatto a...».

Il locandiere teneva a bada i curiosi ai piedi della

scala. Geneviève era andata a chiamare la polizia. Accorse l'ispettore Bichon.

«Forza, circolare!...» ripeteva con tono autoritario. «Che è successo?... Tutti fuori!».

Alla fine Torrence ridiscese e annunciò a Émile:

«Norton...».

«Lo so...».

«Avvelenato...».

«Cosa?».

Émile lanciò una rapida occhiata alla donna, che abbassò lo sguardo.

«Avevano cacciato il cadavere dentro l'armadio... Chiudendolo a chiave... Barbet non ha resistito alla tentazione di dar prova del suo talento in materia di serrature».

L'ispettore Bichon scese a sua volta e si diresse furibondo verso Torrence.

«Insomma, vuole spiegarmi qual è il suo ruolo in questa storia?...» urlò. «Le ricordo che non fa più parte della polizia da un pezzo e che, se ho tollerato la sua presenza qui...».

Torrence non sapeva che cosa rispondere. Fu Émile a mormorare con la consueta affabilità:

«Le dispiacerebbe, ispettore, arrestare questa signora...».

«La ringrazio, giovanotto, ma non ho bisogno dei suoi consigli... Guarda un po' che faccia tosta!... Se ora tutti si mettono a fare i detective...».

In quel momento Émile ebbe la sorpresa di sentire la sua prigioniera sussurrargli in fretta all'orecchio:

«Resta da esaminare solo una ventina di metri... Accanto al ponticello di pietra... Si sbrighi!... Un tubo di metallo conficcato per metà nel terreno».

Ancora una volta Moret era in subbuglio.

Dove Émile, decisamente in preda a manie di grandezza, si dà a spese sempre più sconsiderate.

Gli automobilisti che quella sera attraversano Moret-sur-Loing non possono fare a meno di chiedersi cosa stia succedendo sulla sponda del fiume. Lungo la riva, infatti, c'è una fila di riflettori puntati su un tratto di circa cinquanta metri, e nella luce dei fari si scorgono sagome in movimento.

Sono una quindicina di uomini, che Émile ha reclutato non senza difficoltà. La regione è ricca, e la gente non ha voglia di fare gli straordinari. Per giunta si tratta di un lavoro così bizzarro che qualcuno, guardando l'impiegato con i capelli rossi dell'Agenzia O, si è picchiettato la tempia con l'indice in un gesto piuttosto eloquente.

Nonostante l'ora tarda, Émile ha avuto l'idea di far arrivare due buoi e di aggiogarli a un aratro.

Per arare cosa, buon Dio? Senza contare che il terreno è in discesa, e gli animali rischiano a ogni passo di precipitare nel fiume.

« Se capita una disgrazia, pagherò i danni... » taglia corto Émile.

Nel frattempo un commissario è andato a prelevare la signora Séquaris e l'ha portata al posto di polizia di Fontainebleau, dove a quest'ora devono essere in parecchi a cercare di farla parlare.

Torrence è sempre più scuro in volto. Che differenza con i buoni, vecchi metodi!

« Non così lontano!... Non così lontano!... » grida con tutte le sue forze Émile alla piccola truppa che lavora per lui. Inutile oltrepassare il punto di partenza, contrassegnato da un paletto...

Quaranta metri di lunghezza e dieci di larghezza da ispezionare in superficie e in profondità.

« Crede che troveremo qualcosa? ».

«Ne sono certo...» dichiara imperturbabile Émile.

In effetti alle undici di sera gli portano un oggetto che è stato appena dissotterrato. Émile già esulta, pensando di aver raggiunto il suo scopo. Si tratta di un semplice tubo di piombo lungo una trentina di centimetri.

Purtroppo non contiene assolutamente nulla.

«Continuate!» ordina.

È uno strano spettacolo, e parecchi curiosi vanno a osservare quegli uomini che, a un'ora così tarda, nella luce di fari d'automobile, perlustrano la riva del Loing...

«Sa, capo,» confida Émile a Torrence «nella camera della signora ho visto un pezzo di tubo identico...».

«E questo che cosa dimostrerebbe?».

«Forse niente... Forse molto... Ho una mia idea in proposito... Quel pezzo di tubo, la signora Séquaris deve averlo recuperato ieri... E stanotte Norton le ha fatto visita...».

La situazione rischia di prendere una brutta piega: qualcuno, infatti, ha avvisato il sindaco di Moret, che è accorso. Ritiene inconcepibile che si metta sottosopra la sponda del *suo* fiume, senza la *sua* autorizzazione. Émile tenta di rabbonirlo. Torrence fa quel che può. E con ogni probabilità i lavori verrebbero bloccati se in quel momento non si avvicinasse uno degli uomini ingaggiati dall'Agenzia O. È quasi mezzanotte.

«Guardi che ho trovato, capo... Cercava questo, per caso?».

Un altro tubo di piombo, della stessa lunghezza del precedente e di quello scoperto nella camera della signora Séquaris. Con una differenza, però: questo qui è chiuso alle due estremità.

«Penso proprio che possiamo tornare in albergo...» dichiara Émile.

Fa delimitare l'area in cui sono stati rinvenuti i due tubi.

Dieci minuti dopo, nella mansarda che divide con Torrence all'Écu d'Or, Émile, servendosi di una pinza presa dal bagagliaio della macchina, apre un'estremità del tubo.

E ne tira fuori...

«Ammetta» borbotta Torrence «che non se l'aspettava...».

Sì che se l'aspettava, invece! Tant'è che non mostra la minima sorpresa.

Sono perle, un centinaio di magnifiche perle, l'una più grossa e perfetta dell'altra.

«Lo sapevo» dice seccamente Émile.

«Sapeva, cosa?... Non vorrà sostenere che...».

«Parola mia, non ero sicuro che fossero perle, ma doveva comunque essere qualcosa di molto prezioso... Nel Pacifico non ci sono miniere d'oro, né di diamanti... E tutta questa storia ha avuto inizio a Tahiti, in pieno Pacifico... Perciò è abbastanza normale che, giunti all'epilogo, troviamo delle perle... Mi chiedo però...».

Riflette per un pezzo.

«C'è una cosa che proprio non capisco... Morto Norton, perché quella donna...».

«Parla della signora Séquaris?».

«Sì... Perché aveva ancora paura?... Perché mi ha chiesto di setacciare la riva?... E se Norton avesse avuto un complice?...».

V

Dove si parla di tre tubi di piombo e di una vecchia storia che finisce male.

Il commissario della Squadra Mobile è andato a prelevare la signora Séquaris che sonnecchiava in un ufficio. È quasi l'alba. Dopo la serata passata a dirigere gli scavi sulla riva del Loing, Émile e Torrence sono coperti di polvere.

«Vedrete che non dirà niente...».

«Sono convinto invece che ci racconterà tutto» afferma Émile. «Vero, capo?».

È un'abitudine di Émile quella di attribuire tutti i successi dell'Agenzia O all'ex ispettore Torrence. Ma a volte, come in questo caso, non è facile, perché Torrence non ha ancora capito niente di quella storia ingarbugliata.

«Ecco le perle, signora... Valgono una bella cifra, se non sbaglio. Ora sia così gentile da darci qualche spiegazione... Un po' di cose le sappiamo già... Per esempio, che lei si è imbarcata a Tahiti insieme al vero Raphaël Parain e al giornalista inglese William Norton... Che è arrivata a Moret prima di loro, perché è sbarcata dal *Ville de Verdun* a Panama e ha scelto un mezzo più rapido... E infine che andava quasi ogni giorno in un paese qui vicino per imbucare delle lettere indirizzate a una sua amica che abita a Cristóbal...».

La donna guarda Émile nascondendo a stento la propria ammirazione.

«È vero...» conferma. «Che cos'altro desidera sapere?».

«Come ha conosciuto Raphaël Parain?».

«Era mio zio... La nostra famiglia è sempre stata piuttosto vagabonda... Da giovane, zio Raphaël è partito per le isole del Pacifico, dove si è ambientato così bene che non ha più rimesso piede in Francia... Se non per morirci...».

«Dei due Parain, era quello malato di fegato?».

«No, l'altro... Mio zio, che ha sempre evitato gli eccessi, aveva una salute di ferro... A Tahiti godeva di una piccola rendita e conduceva un'esistenza tranquilla nella sua casa sulla laguna... Quanto a me, ho sposato un colono... Abbiamo vissuto a lungo in Sudamerica... Quando sono rimasta vedova, ho raggiunto lo zio, che mi ha accolto sotto il suo tetto...».

Émile si gira d'impulso verso Torrence e mormora: «Lo vede com'è semplice!...».

«Passiamo a quelle maledette perle...» prosegue la donna. «Vorrei tanto che non fossero mai state scoperte... Dio sa quanto tempo è passato... Più di trent'anni... Mio zio era arrivato a Tahiti da poco... Lavorava in una piantagione di cocco insieme a un amico francese, un certo Hutois, di Carcassonne... Un giorno che erano in mezzo agli scogli, sulla costa meridionale dell'isola, scorsero per caso, in un anfratto, un piccolo involto... Un piccolo involto che però valeva una fortuna... Conteneva, infatti, un centinaio di perle di rara bellezza...».

«Eccole qui...».

«Sì... Ci avrei giurato... Mio zio e il suo amico hanno commesso un primo sbaglio... Da chi erano state nascoste quelle perle?... Da un indigeno che le aveva rubate in una peschiera?... Da un avventuriero?... In ogni caso, erano tenuti a denunciarne il ritrovamento, e invece non l'hanno fatto... Hutois si offrì di tornare in Europa e venderle...».

«E suo zio accettò la proposta?».

«All'epoca era piuttosto ingenuo... Da allora non ebbe più notizie di Hutois... Almeno fino a pochissimo tempo fa... Come le ho già detto, si era organizzato una vita tranquilla, confortevole, senza crucci... In realtà, l'unico suo cruccio ero io, perché si preoccupava per il mio avvenire...».

«Quando ha ricevuto la lettera?» chiede Émile, che segue il filo del suo ragionamento.

La donna lo guarda stupita.

«Dunque sa già com'è andata?... In effetti, tre mesi fa mio zio ha ricevuto una lettera del suo ex complice, se così si può dire... Hutois si era pentito... Contrariamente a ciò che ci si poteva aspettare da lui, una volta in Europa, non aveva venduto le perle per darsi alla bella vita... Anzi, era stato preso da una specie di avarizia, forse accentuata dalla paura... Fatto sta che conduceva un'esistenza modesta, in campagna, a meno di un chilometro da Moret, e si limitava a vendere una perla ogni tanto per tirare avanti... In questi ultimi tempi, sapendosi malato, aveva deciso di sgravarsi la coscienza... Supplicava mio zio di perdonarlo... Gli annunciava che era in fin di vita, ma che lasciava un messaggio per lui al suo confessore, il parroco di Moret...».

«Da qui i due Raphaël Parain...» afferma con sicurezza Émile.

«Nella sua lettera Hutois scriveva: "Le basterà andare dal mio confessore presentandosi come Raphaël Parain di Carcassonne... Per ogni evenienza, ho dato il nome della mia città natale... Quel brav'uomo le indicherà, senza sapere di che si tratta, il posto in cui sono nascoste le perle... Glielo ripeto, non sa di che si tratta, e gli ho parlato sotto il vincolo della confessione..."».

«Dove ha conosciuto Norton?» chiede Émile.

«A Tahiti».

«Frequentava la casa di suo zio?».

«Sì... Mi faceva la corte e...».

«... ha dato un'occhiata a quella lettera?».

«L'ho sempre sospettato...».

Allora Émile si gira verso il commissario e Torrence.

«Signori, ecco la spiegazione semplicissima di un caso che sembrava insolubile...».

Fa una pausa e, senza la minima ironia, aggiunge:

«È stato il mio capo, il signor Torrence, a fiutare la soluzione fin dall'inizio... Parain, a Tahiti, scopre di poter recuperare le perle che credeva perdute... Ora deve pensare alla nipote... Parte con lei per la Francia... Ma un certo giornalista inglese, che in realtà avrebbe dovuto seguire un'altra rotta, si imbarca sul loro stesso piroscafo, e Parain si chiede preoccupato se quell'uomo non abbia scoperto il suo segreto...

«Per tutta la traversata rimane chiuso in cabina, fingendosi malato... Arrivati a Panama, manda avanti la nipote con una nave più veloce...».

«Esatto...» fa la signora Séquaris.

«Norton, che ha letto la famosa lettera, ha architettato un piano che ritiene perfetto... Si assicura la complicità di un uomo sui sessantacinque anni, forse un compatriota che incontra durante uno scalo... Questi deve arrivare a Moret qualche ora prima del vecchio, e andare dal parroco, che non conosce Parain, presentandosi come il Raphaël Parain di Carcassonne...

«L'importante è che il vero Parain ritardi un po', grazie a un intoppo lungo la strada... Bastano pochi minuti... Non so che cosa avesse in mente Norton, ma...».

«Posso dirvelo io» interviene la nipote. «Per qualche motivo, mio zio non si fidava di lui. Avrebbero dovuto viaggiare insieme, perché Norton diceva di avere dei parenti nei pressi di Fontainebleau... A Marsiglia, invece, mio zio ha preso un aereo dell'Air France per Parigi, e poi è venuto qui in treno... I due Parain, quello vero e quello falso, sono arrivati a Moret quasi contemporaneamente, ma quando il falso Parain si è presentato in parrocchia, mio zio ne usciva... Io l'aspettavo fuori... Ha visto Norton, che tentava di nascondersi, e mi ha detto:

«"Se mi succede qualcosa, è meglio che tu lo sappia... Le perle sono nascoste in un tubo di piombo interrato sulla riva del Loing, tra il vecchio ponte di pietra e un paletto che troverai più a valle... Ci sono tre tubi... Il tesoro è in quello centrale..."».

«Ed eccoci al dunque, signori» fa Émile. «Quella stessa notte, Norton, che non ha ancora preso alloggio in paese, e che perciò nessuno conosce, strangola i due vecchi, sbarazzandosi sia del vero Parain sia di quello falso...

«Crede di essere in una botte di ferro... Per non destare sospetti, l'indomani si presenta in veste di giornalista...

«Vuole impadronirsi delle perle a tutti i costi...

«Segue la signora Séquaris dalla mattina alla sera...

«Ha già deciso che al momento opportuno...».

«È andata proprio così» dice la donna. «Cercavo ogni giorno, perlustrando la riva... Ma potevo farlo solo superficialmente, per non attirare l'attenzione... Ieri ho trovato un pezzo di tubo, e stanotte Norton ha fatto irruzione in camera mia...

«Voleva metà del tesoro... Era arrogante, minaccioso... Non sapevo come liberarmene... Sul comodino avevo preparato un bicchiere con del sonnifero, perché negli ultimi tempi, dopo tutte queste disgrazie, non riesco a dormire... Ero spaventata, mi sentivo indifesa, perciò ho giocato d'astuzia... Gli ho lasciato credere... Poi gli ho offerto un grog... Ho triplicato la dose di sonnifero... Non pensavo che potesse ucciderlo... Aveva già bevuto parecchio...».

Torrence si fissava con attenzione la punta delle scarpe.

«È proprio quello che mi diceva il mio capo meno di un'ora fa...» riprese Émile. «Quanto alla scelta della camera 9...».

«In un post scriptum della sua lettera» spiegò la signora Séquaris «Hutois consigliava a mio zio di chiedere la camera 9, "perché dalla finestra" diceva "si vede il luogo in cui sono nascoste le perle...". Hutois era vecchio, malato, pieno di paure... Si è dimenticato di precisare il nome della locanda... Complicava tutto senza motivo, ossessionato dal suo tesoro e dal timore di un eventuale furto...».

Torrence alzò gli occhi. Aveva lo sguardo assonnato.

Quando uscirono nella fresca aria mattutina, Émile, che era pimpante come se avesse dormito tutta la notte, commentò:

«Una bella storia, capo!... Potremmo intitolarla: "La corsa alle perle"... E, come vede, c'è una morale... Il primo che ha avuto quelle perle tra le mani le ha nascoste in un anfratto tra gli scogli e non le ha più ritrovate... Dei due uomini che se ne sono impossessati, Hutois si è limitato a venderne una ogni tanto per condurre una vita squallida – che anche il suo lavoro avrebbe potuto assicurargli –, e Parain è venuto a farsi ammazzare lontano dalla sua cara Tahiti... Un avventuriero, Norton, che invece aveva voglia di vivere alla grande, si è addormentato per sempre proprio nel momento in cui credeva di aver raggiunto il suo scopo... E, per finire, quella donna triste...».

Émile s'interruppe, pensieroso, diede un calcio a un ciottolo della strada, e riprese:

«Con ogni probabilità le perle saranno messe all'asta all'Hôtel Drouot... Ebbene, capo, non vorrei essere nei panni di chi le comprerà... Non so se capisce quello che voglio dire, ma...».

Ancora qualche passo in silenzio:

«Quei gingilli là, che valgono tanti soldi, più di quanti di solito una persona onesta riesca a guadagnarne in tutta la vita, portano quasi sempre con sé delle tragedie!... E, in fin dei conti, noi conosciamo la storia di quelle perle solo da quando sono finite per caso tra le mani di un certo Raphaël Parain e di un certo Hutois... Ma prima, capo?... Chi ci assicura che prima...».

Le due locande, l'una di fronte all'altra, i tavolini all'aperto, i cappelli bianchi dei locandieri...

«Per i signori?...».

In ogni caso, la soddisfazione di aver chiarito un mistero che nessuna polizia...

«Un caffè, per favore».

E poi un letto!... Un buon letto! Tanto più che ormai a Moret-sur-Loing ci saranno meno curiosi e si potrà dormire tranquilli!

Sotto un ombrellone fa colazione un uomo con il naso tumefatto e un occhio pesto.

«Lo sa, capo,» sospira Émile «chi è la persona che la signora Séquaris aveva scambiato per un complice di Norton e di cui aveva paura?».

Torrence non ha voglia di giocare agli indovinelli. Con una faccia da funerale, fa il conto di quanto è costata, in cablogrammi e telefonate, quell'inchiesta che non frutterà un centesimo.

«Barbet!... Barbet, che è spuntato all'ultimo momento e che...».

«Se non le dispiace,» borbotta Torrence «io me ne vado a dormire...».

IL VECCHIO CON IL PORTAMINE

I

Dove qualcuno seduto in un caffè all'aperto conversa in una maniera a dir poco insolita, e dove Émile dà prova di una singolare ostinazione.

Erano esattamente le undici del mattino. Dal suo tavolino all'aperto, in un caffè dei Grands Boulevards, Émile poteva vedere l'orologio elettrico dell'incrocio di Montmartre. Era una delle prime belle giornate di primavera. L'aria era tiepida, il sole inebriante, e la maggior parte delle donne sfoggiava abiti dai colori vivaci.

Per tutte queste ragioni, ma anche perché quel giorno all'Agenzia O non c'era granché da fare, Émile era uscito con le mani in tasca dall'ufficio tutt'altro che lussuoso di Cité Bergère.

Non pensava a niente. In realtà contemplava il suo bicchiere di Porto sul quale un raggio di sole accendeva magnifici fuochi d'artificio.

Se in quel momento qualcuno l'avesse osservato, come era solito fare lui con gli altri, avrebbe potuto vederlo sussultare, quasi si svegliasse di soprassalto. Qualcosa l'aveva strappato al suo stato di torpore, ma non sapeva ancora che cosa fosse.

«22...».

Strano! Quel numero non era scritto da nessuna parte, eppure in qualche modo gli era arrivato.

«22... rue Blomet 22...».

Nessuno accanto a lui aveva parlato, Émile ne era certo. Poi ebbe un'illuminazione: quelle parole non le aveva lette, né poteva affermare in senso stretto di averle sentite, ma le aveva decifrate.

Anni addietro Émile si era arruolato in Marina, dove aveva imparato il codice Morse. Quello che gli era giunto all'orecchio era appunto un messaggio in Morse...

Si guardò intorno, e ad appena un metro da lui scorse un'elegante scarpa con il tacco alto. Un tacco che percuoteva il marciapiede con colpi secchi...

Possibile che la proprietaria della scarpa trasmettesse un messaggio senza saperlo? Capita spesso che una donna batta nervosamente il piede per terra, e può succedere che la sequenza di colpi riproduca per caso una o due lettere dell'alfabeto, ma da qui a formare numeri, parole complete...

Alzando lo sguardo, Émile vide il volto di una giovane donna che, in contrasto con il movimento del piede, non sembrava affatto nervosa.

La cosa era sconcertante. Sui Grands Boulevards ferveva la vita di tutti i giorni. Non era ancora l'ora dell'aperitivo, ma a causa di quel sole precoce i tavolini all'aperto erano piuttosto affollati.

La ragazza era sola al suo tavolo. La prima idea che venne in mente a Émile lo fece sorridere. Lui stesso un tempo si era divertito a insegnare l'alfabeto Morse a una sua fiamma di Tolone.

Forse nel caffè c'era un ufficiale di Marina, o un aviatore...

«Ingegnoso» pensò Émile. «Se è una donna sposata che teme di compromettersi, questo sistema è molto più sicuro del fermoposta. Vediamo chi risponderà...».

Contrariamente alle sue aspettative, non scorse alcuna uniforme, né alcuna fisionomia che potesse far pensare a un giovane amante.

«Rue Blomet 22» ripeteva con insistenza il tacco. «Terzo piano...».

A un tratto risuonò un altro messaggio, brevissimo, quello che di solito viene usato per dire: «Ricevuto». Questa volta era un cucchiaino o un altro oggetto duro che batteva su un piattino.

Il rumore veniva da qualcuno alle spalle di Émile, che si voltò di scatto. Troppo tardi! Dietro di lui c'erano almeno cinque o sei avventori.

Per un attimo si chiese se non fosse stato il vecchietto a... No! Era inverosimile. Quell'uomo aveva più di sessant'anni e sorseggiava un caffè con aria placida, senza prestare la minima attenzione alla donna!

«Il conto!...» chiese lei.

«Il conto!...» le fece eco Émile.

Pagò in fretta e uscì dal locale in tempo per non perderla di vista. La sconosciuta si dirigeva con calma verso l'Opéra fermandosi a guardare le vetrine.

Émile si chiese se non fosse il caso di girare sui tacchi, rinunciando alla ridicola idea di pedinarla. Che avrebbe detto Torrence se l'avesse sorpreso a ciondolare dietro a una graziosa figuretta?

La donna era ormai vicina all'Opéra quando Émile ebbe la sensazione di non essere il solo a seguirla. Per la terza volta, infatti, notò una certa bombetta e un certo vestito scuro... Non c'erano dubbi! Un altro uomo le si era messo alle costole, rallentando o accelerando il passo quando lo faceva lei.

A un tratto... La mossa fu abile e rapida. La donna stava comprando un mazzolino da una fioraia piazzata davanti all'ingresso del métro, e sembrava tutta intenta a cercare degli spiccioli nella borsetta. Ma di punto in bianco, mentre nessuno se l'aspettava, si slanciò giù per le scale.

Émile le andò dietro in un balzo. Qualcuno lo urtò: l'uomo con la bombetta. Lo scontro fece perdere qualche secondo a entrambi...

Quando arrivarono, quasi insieme, davanti alla biglietteria, della giovane sconosciuta non c'era più traccia e il portellone si chiuse prima che potessero raggiungere i binari.

Il disappunto dell'uomo con la bombetta si manifestò in maniera piuttosto comica: rivolse un'occhiata furibonda a Émile e intanto muoveva le labbra. Con ogni probabilità si sfogava mormorando insulti sottovoce.

«Peggio per te, caro mio» si disse Émile. «Visto che ho perduto lei, mi accontenterò di tallonare la tua meno seducente persona».

A riprova del fatto che si era catapultato nella stazione solo per seguire la sconosciuta, l'uomo non prese il métro. Risalì in place de l'Opéra e saltò su un autobus in corsa. Émile ebbe la fortuna di trovare un taxi libero.

«Segua quell'autobus...».

L'uomo scese all'Odéon e qualche minuto dopo entrò in un ristorante di cucina esotica di rue Monsieur-le-Prince. Era uno di quei locali frequentati da clienti abituali, dove l'ingresso di uno sconosciuto non ha alcuna possibilità di passare inosservato. Dirimpetto c'era una rivendita di vini, e da lì Émile telefonò all'Agenzia O ordinando a Barbet di raggiungerlo con la massima urgenza.

Barbet, che qualcuno definiva il cane fedele dell'Agenzia O, arrivò di lì a poco.

«Nel ristorante di fronte c'è un tizio sulla quarantina, con i capelli nerissimi, gli occhi scuri e le sopracciglia folte. È basso, piuttosto grassoccio, indossa un vestito nero e una bombetta. Cerca di saperne di più».

Barbet, che non chiedeva mai il perché di un incarico, si limitò a strizzare l'occhio al suo capo.

«Servizio completo?» s'informò.

Essendo stato un borseggiatore di professione, quando si metteva alle calcagna di qualcuno non gli dispiaceva esaminare da vicino le tasche del cliente.

Invece di dargli una risposta precisa, Émile alzò le spalle, il che era meno compromettente.

Un quarto d'ora dopo un taxi depositò Émile davanti al numero 22 di rue Blomet. Era un albergo che affittava camere ammobiliate.

«Si ferma a lungo?» gli chiese una donna con i capelli color stoppa e il seno flaccido, che aveva tutta l'aria di essere la proprietaria dell'albergo.

«Dipende... Sono appena arrivato a Parigi... Sto cercando degli amici che dovrebbero essere già qui... È stato uno di loro a dirmi l'indirizzo...».

«Come si chiama, questo suo amico?».

Accidenti! Che cosa rispondere?

«Gérard... Gérard Vauquier...».

«Qua non c'è nessun Vauquier... Le nostre camere sono quasi tutte occupate da stranieri, per lo più studenti...».

«Anche studentesse, immagino?».

«Ce n'è qualcuna...».

«A che piano avrebbe una camera libera?».

«Non so neanche se ce l'ho... Olga!... Olga!...».

Qualche istante dopo apparve una cameriera.

«Che c'è, signora?» chiese asciugandosi le mani nel grembiule.

«Il signor Charles ha già fatto prendere i bagagli?».

«Sì, signora... Sono venuti a ritirarli stamattina...».

«La camera è pronta?...».

«Devo solo cambiare le lenzuola...».

La donna si girò verso Émile.

«Allora ci sarebbe una camera al quarto piano...
Cinquecento franchi al mese, pagamento anticipato».

«Non ha qualcosa al terzo?».

«Terzo o quarto è lo stesso... Le camere sono tutte
uguali... Luce elettrica, acqua corrente... A proposito, è vietato lavare la biancheria in bagno e usare ferri
da stiro elettrici».

«Posso assicurarle che...».

«Sale subito?...».

«Prima vorrei vedere la lista degli inquilini... Sono
pressoché certo che qualcuno dei miei amici abbia
affittato una camera qui e...».

Coriacea, la signora con il seno cascante e i capelli
di stoppa!

«Le ho già detto che non c'è nessun Vauquier...
Olga!... Mostra al signore la 17...».

Non c'era ascensore. L'edificio era vecchio, con le
scale strette, coperte da una logora guida rossastra. Se
non si poteva lavare la biancheria, doveva essere permesso cucinare in camera, perché nell'aria aleggiava
un odore di fornello a spirito e costolette di maiale.

Non era male, Olga, nel vestito nero ravvivato da
un grembiule bianco.

«Quand'è che porterà la sua roba?».

«A dire il vero, vorrei riposarmi per un paio d'ore.
Ho viaggiato tutta la notte, e prima di andare a ritira-
re i bagagli al deposito mi piacerebbe distendermi un
po'... Dio mio, non si può dire che ci sia una bella vista...».

In effetti dalla finestra della 17 si scorgevano solo
tetti e cortili angusti come canne fumarie.

«Per cinquecento franchi mica può pretendere un
affaccio sull'Arco di Trionfo o sul mare...».

Una banalissima camera ammobiliata: letto di ferro, pavimento di linoleum dal colore incerto, un pa-
ravento per nascondere il lavabo e il bidet, e sul camino un falso bronzo e due candelieri.

«Se ora vuole pagare...».

Pazienza! Costava parecchio, ma bisognava scucire, ed Émile fremeva di curiosità. Sborsò i cinquecento franchi, più altri cinquanta destinati a rabbonire Olga.

«Aspetti che le rifaccio il letto...».

Andò a prendere le lenzuola e una federa nell'armadio a muro in fondo al corridoio, e di lì a poco lasciò il nuovo inquilino da solo in camera.

Alle due del pomeriggio Émile era ancora in rue Blomet, completamente digiuno.

Dire che era calmo sarebbe esagerato. Si era lanciato a capofitto in un'avventura e si ostinava a voler scoprire qualcosa laddove, con ogni probabilità, non c'era niente da scoprire.

Aveva già fatto un certo numero di incursioni nei corridoi dell'albergo. L'ora di pranzo era favorevole, perché la maggior parte degli inquilini era al ristorante. Notò che molti di loro non chiudevano la porta a chiave, il che gli permise di entrare in parecchie camere.

Questo lo riportò al tempo in cui anche lui viveva in una camera ammobiliata. Le foto incastrate nelle cornici degli specchi, per lo più ritratti di donne, a volte di familiari. Su molti tavoli, manuali di diritto o di medicina. La padrona di casa non aveva mentito: gli inquilini erano quasi tutti studenti.

Voluminose valigie con etichette straniere, soprabiti logori appesi agli attaccapanni, cappelli frusti. In più di un guardaroba, invece di vestiti, Émile trovò avanzi di formaggi o salumi, tozzi di pane, un'arancia, una banana.

Eppure il messaggio trasmesso dalla sconosciuta di boulevard Montmartre era inequivocabile:

«Rue Blomet 22... Terzo piano...».

E quel messaggio la donna poteva averlo trasmesso

solo a qualcuno che, come lei, era seduto a un tavolino all'aperto, neanche troppo distante dal suo.

Se invece di parlare ti prendi la briga di usare il codice Morse, vuol dire che pensi di essere spiato.

Da qui la conclusione di Émile:

«La signora voleva comunicare a qualcuno una notizia importante all'insaputa di una terza persona che la sorvegliava».

Ma di una cosa Émile era certo: l'uomo con la bombetta che l'aveva seguita non era tra gli avventori del caffè. Dunque il messaggio non era destinato a lui.

«Oh, mi scusi tanto, signorina!...».

Aveva bussato a caso a una porta del terzo piano. Una voce dal forte accento straniero l'aveva invitato a entrare, e ora Émile si trovava in presenza di una ragazza che mangiava croissant con la testa china sui libri.

«Mi dispiace disturbarla. Sono un nuovo inquilino e mi sono accorto di aver dimenticato i fiammiferi...».

Senza battere ciglio la ragazza si alzò e prese una scatola di fiammiferi sul camino chiedendo:

«Che facoltà?».

«Io... non sono uno studente... Mi trovo a Parigi per lavoro, ed è solo un caso se...».

«Ah!».

Si capiva benissimo che, non essendo un universitario come lei, non le interessava più.

«Grazie, glieli riporto subito...».

«Può tenerli... Ho un accendino...».

Quel tesoro di ragazza – doveva essere romena, per quanto poteva giudicare Émile – non sospettava che, se fosse stata assente, il nuovo vicino non si sarebbe fatto scrupolo di esaminare la sua camera da cima a fondo.

«Vediamo un po'...» rifletteva Émile qualche minuto più tardi. «Ci sono cinque camere per piano... La donna con il tacco parlante ha indicato espressamente il terzo, dove ne ho già visitate due...».

In fondo al corridoio c'era una porta senza numero, chiusa a chiave. Émile si ricordò che la porta corrispondente, al piano di sopra, era quella dell'armadio a muro dove Olga aveva preso le lenzuola.

Salì al quarto e constatò che lì l'armadio a muro, benché munito di serratura, non era chiuso a chiave.

«Facciamo ancora un tentativo...».

Aveva fame.

«Se entro un quarto d'ora non scopro niente, lascio perdere...» si ripromise. «Pazienza per i cinquecento, anzi cinquecentocinquanta franchi!...».

Se una porta chiusa non rappresentava per lui un grosso ostacolo, il merito era di Barbet che, in virtù dei suoi cattivi trascorsi, aveva potuto impartirgli insegnamenti preziosi. Con una destrezza da scassinatore, Émile si servì di un bel passe-partout cromato che teneva sempre in tasca, e la serratura dell'armadio a muro cedette subito.

«Ehilà!...» esclamò istintivamente Émile, cercando di scansarsi.

Gli era infatti piombato addosso un corpo inerte.

Sentendo quel grido, la giovane studentessa uscì dalla sua camera, con mezzo croissant ancora in mano:

«Ma che sta facendo?».

«Come vede... Tento di liberarmi...».

Riuscì a distendere il corpo sul pavimento. La studentessa non era una donnicciola impressionabile, perché si avvicinò tranquillamente, chinandosi a guardare il volto.

«To'!... È il signor Saft!... Che cosa ci faceva nell'armadio delle scope?...».

In effetti nell'armadio aperto si vedevano secchi e scope.

«Si direbbe che è morto...» aggiunse.

«È già freddo...» borbottò Émile.

«Perché non chiama la polizia?... Povero signor Saft!...».

«Lo conosceva?».

«Di vista... Aveva la camera accanto alla mia... Mi chiedo perché l'hanno messo in quest'armadio... Com'è morto?...».

Una profonda ferita al petto dimostrava con chiarezza che il signor Saft era morto accoltellato.

«Senta, signorina... Quest'uomo sembra sui trentacinque anni... Suppongo quindi che non fosse uno studente...».

«Non lo so...».

«Viveva qui da tempo?».

«Più o meno due mesi... Ci eravamo incontrati un paio di volte perché era venuto a bussare alla mia porta, come lei, per chiedermi dei fiammiferi...».

«Riceveva molte visite?».

«Non pensa che dovrebbe chiamare la polizia?» ripeté la ragazza.

«Le dispiacerebbe farlo lei?».

La studentessa esitò. E prima di scendere, a riprova del fatto che non si fidava di quel nuovo inquilino che, appena arrivato, si ritrovava un cadavere tra le braccia, chiuse a chiave la sua camera.

Émile ebbe così il tempo di frugare nelle tasche del signor Saft, che contenevano solo oggetti banali: un pacchetto di sigarette, fiammiferi, un fazzoletto e tre mozziconi di matita. Niente portafoglio.

Olga salì le scale di corsa.

«Che va dicendo, quella?... Il signor Saft è stato...».

«... assassinato, sì...».

«Ma lei come ha fatto ad aprire quest'armadio?».

«Perché me lo chiede? Di solito era chiuso a chiave?».

«No... Appunto!... Poco fa, mentre pulivo le camere, volevo prendere una scopa... Ma l'ho trovato chiuso, e la chiave non era nella serratura... Ho immaginato che qualche inquilino mi avesse fatto uno scherzo... Non è la prima volta... Sono andata a prendere una scopa al primo piano, e mi è passato di mente...».

«Il signor Saft aveva l'abitudine di ricevere visite la notte?».

«La proprietaria non l'avrebbe permesso... È una casa perbene, questa...».

«E di giorno?».

«Può darsi... Non lo so... Di giorno non ci facciamo caso... C'è sempre un tale viavai...».

Arrivò su anche la proprietaria, con le carni ballonzolanti come gelatina, in compagnia di un agente di polizia municipale e della giovane studentessa, sempre con in mano il suo mezzo croissant.

L'agente, con i pollici infilati nel cinturone, bofonchiò incongruamente: «Così, sostiene che è morto...».

«Può accertarsene lei stesso...».

«Dica un po', giovanotto, chi l'ha autorizzata a tirarlo fuori dall'armadio?... Dovrebbe saperlo che, in questi casi, c'è il divieto assoluto di...».

«Mi è caduto addosso» mormorò Émile.

«Ma guarda un po'! Le è caduto addosso! E lei che cosa c'era andato a fare in quell'armadio? Fa parte del personale dell'albergo?».

«Se non le dispiace, risponderò alla Polizia giudiziaria, che le consiglio caldamente di avvertire al più presto...».

«Un momento!... Se pensa di approfittarne per squagliarsela...».

Émile dovette seguirlo nell'ufficio dell'albergo, dove l'agente telefonò al Quai des Orfèvres senza perderlo di vista un istante e trasalendo a ogni suo minimo movimento.

«Finché non arriveranno loro, la prego di ritenersi in stato di fermo... Intanto mi dia i suoi documenti... Vediamo se almeno sono in regola...».

Naturalmente, come la maggior parte delle persone oneste, Émile non aveva con sé la carta d'identità.

E dovette penare non poco per ottenere che, in attesa della Polizia giudiziaria, Olga andasse a prendergli un sandwich in una brasserie della zona.

«Ha niente in contrario se faccio una telefonata?».

«A chi?».

«All'Agenzia O...».

«Se si rivolge all'Agenzia O, vuol dire che ha bisogno di difendersi, eh?...».

Ebbe il permesso di telefonare, e per caso trovò Torrence in ufficio.

«Barbet è rientrato? Non ha neanche chiamato? Va bene! Senta, capo, dovrebbe venire di corsa in rue Blomet 22. Sì... Se è importante?... Diciamo che se lei non è qui nel giro di qualche minuto rischio di passare la notte in camera di sicurezza...».

Nel frattempo l'agente sorrideva con l'aria di chi la sa lunga, lisciandosi i baffi.

II

Dove un giovanottino assennato e modesto risponde con garbo alle domande dei grandi, ma senza dire tutta la verità.

Chissà se la natura aveva previsto che Émile sarebbe diventato uno dei detective più in gamba del mondo. Se sì, la natura era stata una buona fata, perché l'aveva dotato di un aspetto straordinariamente banale. Alto e magro, aveva un'età indefinibile, e a trent'anni suonati sembrava ancora un giovanottino al suo primo impiego. A parte i capelli rossi e le lentiggini, non aveva alcun segno particolare.

Per giunta, faceva di tutto per accentuare la sua aria anonima: indossava abiti fatti in serie, di colori neutri, e dava sempre l'impressione di volersi scusare per il disturbo.

Alle tre del pomeriggio, nel fermento che regnava da un capo all'altro dell'albergo di rue Blomet, Émile pareva talmente sopraffatto dagli eventi da suscitare compassione. Tanto che qualcuno del Quai des Orfèvres, rivolgendosi a Torrence, che passava per il capo dell'Agenzia O, commentò:

« Strana idea quella di scegliersi un collaboratore così imbranato! ».

Al che Torrence, trattenendo a stento un sorriso, rispose in modo evasivo:

« Cosa vuole che le dica?... Mi è stato raccomandato da un amico e non me la sono sentita di rifiutare... ».

Era in corso il sopralluogo della Procura. Il commissario Lucas, i suoi cinque o sei ispettori e gli esperti della Scientifica avevano trasformato l'albergo in un alveare ronzante. Gli inquilini, a mano a mano che arrivavano, venivano radunati, nonostante le loro proteste, nella sala da pranzo del pianterreno, da cui non erano autorizzati a uscire.

La camera del signor Saft era stata adibita a quartier generale, e fu lì che il sostituto procuratore convocò Émile.

« Giovanotto, mi dicono che è stato lei a scoprire il corpo... Mi dicono anche che è un impiegato dell'Agenzia O, con la quale, mi creda, abbiamo ottimi rapporti... Ma vorrei sapere che ci faceva qui oggi, e se ha aperto quell'armadio solo per caso... ».

Come un bravo scolaro che ripete la lezione, Émile mormorò:

« Stavo bevendo un bicchiere in un caffè dei Grands Boulevards quando mi è giunto all'orecchio un messaggio in Morse... ».

« In un caffè, ha detto?... Quindi c'era la radio accesa? ».

« No... Proveniva da una cliente, che componeva il messaggio a colpi di tacco... Qualcuno le ha risposto battendo un cucchiaino o un altro oggetto metallico su un piattino... Poi la donna, che si era limitata a trasmettere: "Rue Blomet 22, terzo piano", si è alzata e io l'ho seguita...».

Gli uomini della Procura si guardavano con espressione scettica, e Lucas si sentì in dovere di tossicchiare in segno di riprovazione. Lanciò anche un'occhiataccia a Torrence, come a dirgli:

«Ci risiamo! L'Agenzia O si prende gioco di noi...».

Ma Émile procedette con aria soave:

«L'ha seguita anche un'altra persona, un tizio in bombetta... Mentre correvamo dietro alla donna nella stazione del métro Opéra, ci siamo scontrati, e questo ci è costato qualche secondo di ritardo... Avendo perso di vista la sconosciuta, sono venuto qui... Volevo vedere che cosa c'era di tanto interessante in rue Blomet 22... Lo so che avrei fatto bene a chiedere il parere del mio capo e a non lanciarmi in spese sconsiderate, perché ho dovuto affittare una camera e pagarla in anticipo...».

«E poi ha avuto l'idea di aprire quell'armadio?» chiese poco convinto il sostituto.

«Sì, come ultimo tentativo... Confesso che ero già entrato in quasi tutte le camere...».

«Forzando le serrature?».

«No, c'erano su le chiavi...».

«Non ha nient'altro da aggiungere?».

Invece di rispondere alla domanda, Émile, che preferiva sorvolare sul pedinamento intrapreso da Barbet, si alzò di scatto fissando il cadavere steso sul tavolo della camera.

«Mi salta agli occhi un dettaglio...» disse. «Ma con ogni probabilità questi signori» aggiunse indicando Lucas e gli ispettori «se ne sono accorti prima di me... Scusatemi...».

«Di che dettaglio parla?».

«Oh, è una cosa da nulla... Osservi le scarpe... Sono pressoché nuove... Le suole non sono affatto consumate... Eppure hanno la punta scorticata... Mi ricordo che quand'ero piccolo e mi arrampicavo sui muri per sgraffignare le mele dei vicini...».

I presenti sorrisero con sufficienza, trovandolo decisamente troppo sprovveduto.

«Mi ricordo, dicevo, che avevo sempre la punta delle scarpe rovinata allo stesso modo. Con ogni probabilità il signor Saft si era arrampicato da poco... Doveva essere un muro di mattoni... Vedete, nelle scalfitture ci sono ancora tracce rossastre, perciò l'impresa dev'essere recentissima... Ma il commissario Lucas saprà spiegarle meglio di me che cosa se ne può dedurre e...».

Poco dopo Émile si avvicinò con discrezione a Torrence.

«Scusi, capo... Nell'albergo c'è un solo telefono... Ed è nell'ufficio... Dovrebbe chiedere alla proprietaria, che non mi ha molto in simpatia, se qualcuno degli inquilini l'ha usato tra ieri sera e stamattina».

La risposta fu negativa. A riprova chiamarono il centralino, che confermò.

La meticolosa perquisizione della camera dove la vittima aveva abitato per circa due mesi diede risultati piuttosto deludenti. L'assenza di libri dimostrava che il signor Saft non era uno studente, anche se nel registro dell'albergo si era qualificato come tale.

Aveva aggiunto: «Nato a Varsavia... Proveniente da Varsavia...».

Ma, cosa strana, non aveva con sé né passaporto, né carta d'identità. Invece, su un ripiano del guardaroba fu trovato un portafoglio con dentro più di duemila franchi.

«Il suo inquilino riceveva lettere, signora?».

«Qui no... Credo che le ritirasse al fermoposta, come molti studenti...».

Ma per farlo avrebbe avuto bisogno di un documento d'identità!

Nella cornice dello specchio erano incastrate due fotografie: il ritratto di una donna con i capelli bianchi e quello di un uomo sulla cinquantina, in piedi davanti a una bottega che sembrava una sartoria.

«Lei resta qua, capo?» chiese Émile a Torrence. «Io ho un paio di cose da sbrigare nei dintorni...».

Uscì in strada, facendosi largo tra la folla dei curiosi, e di lì a poco si presentò allo sportello del fermoposta, dove mostrò il suo biglietto da visita.

«Arrivano lettere o vaglia a nome di un certo signor Saft di Varsavia?».

L'impiegato rispose di no. Allora, piuttosto che fare il giro di tutti gli uffici postali di Parigi, Émile preferì seguire il suo intuito. Poiché si trattava di un polacco, perché non rivolgersi all'ambasciata?

Il portiere dell'ambasciata lo indirizzò alla cancelleria, dove un segretario lo lasciò ad aspettare quasi un'ora in una stanza surriscaldata mentre Émile fremeva dall'esasperazione.

Alla fine fu ricevuto in modo glaciale da un pezzo grosso in tight, che sembrava uscito da una rivista di moda senza aver avuto neanche il tempo di stropicciarsi.

«Ha fatto il nome del signor Saft... Posso chiederle per quale concorso di circostanze l'Agenzia O, che lei rappresenta, si occupa di questo nostro connazionale?».

«Il signor Saft è morto...».

«Non mi pare una buona ragione per...».

«Mi perdoni... Il signor Saft è stato assassinato ieri sera. In questo momento la Procura sta perquisendo la sua camera, in rue Blomet... Non avendo trovato documenti, né indizi di alcun tipo, il mio capo, l'ex ispettore Torrence, ha pensato che forse qui...».

«Vuole scusarmi un istante?».

Il pezzo grosso sparì dietro una porta imbottita, e per un'altra ora regnò il silenzio. Quando la porta si riaprì, di pezzi grossi ne entrarono due, più o meno dello stesso stampo, tranne per il fatto che uno dei due, quello che sembrava più importante, sui pantaloni a righe indossava una semplice giacca nera bordata di seta.

«Credo, signor... Scusi, non so il suo nome...».

«Émile...».

«Credo, signor Émile, che si tratti di un caso molto banale, di cui la Giustizia non si occuperà a lungo... Suppongo di poter contare sulla discrezione dell'Agenzia O... Le dico solo, e tra poco lo confermerò con una telefonata ufficiale alla Procura, che il signor Saft era un poliziotto polacco...

«Non pensi a una storia di spionaggio o a chissà quale altro intrigo più o meno diplomatico...

«Il signor Saft apparteneva alla sezione criminale della polizia di Varsavia. Non era una figura di primo piano. Era stato mandato qua in missione, probabilmente sulle tracce di delinquenti comuni. Siamo stati informati della sua esistenza solo perché inviava e riceveva la posta per nostro tramite.

«Tutto qui, signor... Signor Émile, ha detto? Non mi resta che ringraziarla per averci informati...».

Émile si sentiva piuttosto mortificato mentre un maestoso usciere lo scortava lungo i corridoi dell'ambasciata, e ancor di più quando si ritrovò in strada con le pive nel sacco.

«Tradotto in parole povere,» pensò « "si faccia gli affari suoi, giovanotto"... Taxi!... Ehi, taxi! Rue Blomet 22...».

Nonostante le due ore passate ad aspettare, Émile trovò gli inquirenti ancora all'opera, perché tenevano a interrogare in loco tutti i possibili testimoni. Vedendolo arrivare, il sostituto aggrottò la fronte.

«Dov'era andato, lei?» chiese, poiché aveva dato ordine che nessuno lasciasse l'albergo.

«Voglia scusarmi... Le hanno già telefonato?».

« Perché avrebbero dovuto telefonarmi? ».

« Per rivelarle l'identità del signor Saft... Sono sicuro che da un momento all'altro... ».

Proprio allora avvertirono il magistrato che c'era una chiamata per lui. Quando tornò, era soprappensiero e lanciò a Émile una strana occhiata.

« Faccia uscire tutti, commissario... Sì, anche i suoi ispettori... Lei resti, giovanotto... ».

« E io? » fece Torrence sconcertato.

« Ma certo, lei può rimanere... Spero di poter contare sulla discrezione dell'Agenzia O... ».

« Ho già dato la mia parola » affermò Émile.

« A chi?... È proprio questo che non capisco... Come faceva a sapere che mi avrebbe chiamato il procuratore generale? ».

« Mi perdoni... Un'idea che è venuta al signor Torrence poco fa... Visto che si trattava di un polacco, e che non avevamo altri dati certi, mi ha detto:

« "Émile, vada a chiedere all'ambasciata della Polonia se per caso..." ».

Quando i due detective uscirono dall'albergo, la proprietaria corse dietro a Émile:

« A questo punto, poiché so chi è lei, immagino che la camera non la voglia più... ».

« Come no, signora... Come no... ».

E strada facendo, non senza un lieve imbarazzo, spiegò a Torrence:

« C'è una studentessa romena... Ma lo sa, capo, che le donne romene sono davvero belle? ».

« Dove andiamo? » borbottò Torrence invece di rispondere.

« Non lo so... ».

« Che incarico ha affidato a Barbet? ».

« Pedinare l'uomo con la bombetta... Contrariamente a quanto ho dichiarato alla polizia, non l'ho affatto perso di vista e ho chiesto a Barbet di stargli alle calcagna... È l'unico personaggio di tutta questa storia che avevamo quasi in pugno...

«Ritrovare la ragazza sarebbe una fortuna insperata... Anche perché mentre la seguivo ho osservato meglio le sue scarpe e la sua schiena che la sua faccia... Non saprei dire a che ambiente appartiene... Però non dev'essere francese... Aveva quell'eleganza un po' vistosa che contraddistingue le straniere, soprattutto a Parigi, dove vorrebbero far colpo sulle parigine... Una donna di mondo? Può darsi!... O un'avventuriera?... Davvero non ne ho idea...».

«In ogni caso,» fece Torrence come se fosse una scoperta «sa usare il codice Morse...».

«Potremmo mettere un annuncio sul giornale» ironizzò Émile. «"Cercasi bella ragazza, probabilmente straniera e forse avventuriera, che conosce l'alfabeto Morse e porta scarpe di coccodrillo con tacchi a spillo molto alti". Scherzi a parte, c'è un altro personaggio che mi piacerebbe rintracciare, ma temo che neanche questo sia facile... Più ci penso... Sa, capo, stamattina credo di aver preso il peggior granchio della mia carriera...».

Torrence lo guardò stupito.

«Chi era più importante? Colei che trasmetteva il messaggio, o colui che lo riceveva?... La prima poteva essere una semplice comparsa, un'intermediaria... Il secondo, invece... Sapeva che cosa significava quell'indirizzo, dato che non ha chiesto spiegazioni... Dunque sapeva che Saft doveva essere assassinato... Magari era stato lui a dare l'ordine... E gli comunicavano che la missione era stata compiuta... Le dispiacerebbe offrirmi una birra, capo?... Si figuri che, nonostante questo bel sole, all'ambasciata tengono ancora i caloriferi accesi... Ho la gola secca...».

Nel frattempo erano arrivati in boulevard Saint-Michel e si sedettero in un caffè all'aperto, di fronte al Luxembourg.

«Seguire una donna è senz'altro più piacevole... Sarà per questo che sono corso dietro a lei, trascurando il destinatario del messaggio... E più ci penso... È strano... Rivedo la scena di stamattina, nitida come una fotografia... Dietro di me c'erano tre commercianti di diamanti che discutevano d'affari... Al tavolo accanto, una signora di provincia con il figlio, che veniva a Parigi per la prima volta... Mi ricordo un frammento di dialogo:

«"Ne investono molti?" ha chiesto il bambino.

«"Un centinaio al giorno... Chissà, forse assisterai a un incidente...".

«Non poteva immaginare che a due passi da lei stava avvenendo qualcosa di ben più grave di un semplice incidente stradale...

«Dov'ero arrivato?... Ah, sì, al vecchio signore seduto da solo... Aveva tutta l'aria del piccolo proprietario che vive di rendita, felice di campare ancora alla sua età e di assaporare il caffè nel sole mattutino!... Ebbene, se potessi tornare indietro, seguirei lui... Soprattutto perché mi sono ricordato di un dettaglio... Sul suo tavolino c'erano un giornale e un portamine... Una persona che non ha molta dimestichezza con l'alfabeto Morse stenta a tradurre al volo, in ogni caso rischia di perdere una parte del messaggio e di confondersi... Ma appuntandolo sul margine del giornale...».

I quotidiani della sera annunciavano già la scoperta del cadavere di uno sconosciuto nell'armadio a muro di un albergo di rue Blomet, ma ancora non davano particolari.

«E non ne daranno neanche domani» previde Émile. «Scommetto che riceveranno l'ordine di insabbiare la faccenda... Se avesse visto quei due tizi dell'ambasciata...».

Sul tavolo c'erano tre brioche. Émile se le mangiò tutte e tre, e ordinò un'altra birra.

«Insomma, è semplice... Quasi troppo semplice... Il poliziotto polacco Saft segue la pista di certi malviventi a Parigi... Dev'essere un caso complicato, perché sono già due mesi che se ne occupa... E non è un'inchiesta ordinaria, dato che non si mette in contatto con la polizia francese, come vuole la prassi...

«Ieri o l'altro ieri Saft scala un muro... Dove si è introdotto?... Che cosa cercava?... E che cosa ha trovato?... Fatto sta che poco dopo viene assassinato... E che in camera sua non c'è più niente che sia degno di nota...

«Che ne pensa, capo?».

E Torrence, che nella sua qualità di ex ispettore della Polizia giudiziaria non concepiva di lavorare per diletto, per puro amore dell'arte, sospirò senza speranza di essere ascoltato dal suo vero capo:

«Penso che in fin dei conti la cosa non ci riguarda... Nessuno ci ha commissionato quest'indagine... Per giunta, mi pare che l'ambasciata l'abbia pregata di... Uhm!... E poco fa il sostituto procuratore ci ha lasciato intendere che era il caso di toglierci dai piedi...».

«È assurdo...» sospirò Émile come se non avesse sentito.

«Che cos'è assurdo?».

«Quella donna che va a sedersi tranquillamente in un caffè dei Grands Boulevards e che, in mezzo a tanti avventori, dà al suo capo informazioni su un omicidio... Ma ora che ci penso...».

Émile era raggiante.

«Se continuavano a servirsi di questo sistema quando sapevano, o almeno lei sapeva, che Saft era morto...».

«E allora?».

«Significa che pensavano di poter essere sorvegliati da altre persone... Significa che sulle loro tracce non c'era solo Saft... Se è così, forse Barbet...».

Lasciò la frase in sospeso.

«Telefoni in agenzia, capo... Chieda se Barbet si è fatto vivo... È improbabile che in tutto il pomeriggio non abbia trovato il modo di mettersi in contatto...».

Meno di dieci minuti dopo, tramite la signorina Berthe, che aveva preso la chiamata, erano al corrente delle notizie riferite da Barbet.

Per cominciare, l'uomo con la bombetta resta a tavola fino alle due del pomeriggio... Poi, con il passo lento di chi sta digerendo un lauto pranzo, si dirige a piedi verso rue Blomet.

Giunto all'altezza del numero 22, vede entrare come un bolide un agente della polizia municipale seguito da una donna.

Secondo Barbet, più che stupito, l'uomo con la bombetta sembra preoccupato. Per una mezz'ora gironzola nei dintorni, evitando di avvicinarsi troppo al 22.

Arriva la Polizia giudiziaria, poi la Procura. Davanti allo stabile si forma un capannello di curiosi. Lo sconosciuto vi si mescola con cautela e sente racconti più o meno fantasiosi sul ritrovamento del cadavere. Nessuno conosce il nome della vittima, ma circola voce che sia stato ucciso uno studente polacco.

Allora l'uomo raggiunge, sempre a piedi, un confortevole alberghetto di boulevard Montparnasse, nei pressi della stazione, dove c'è un continuo viavai.

«Ecco la sua chiave, signor Vladimir».

«Il mio amico Sasha è di sopra?».

«Non lo so... Comunque la chiave non è appesa al pannello».

Barbet preferisce non fare domande e in un batter d'occhio sgattaiola al secondo piano, dove lo sconosciuto con la bombetta entra nella camera numero 13.

Passano dieci minuti e dalla camera 15, attigua alla 13, esce un tizio. Barbet fa appena in tempo ad appiattirsi contro il muro.

L'uomo, che si avvia giù per le scale, è biondo, vestito di grigio chiaro, con un cappello in tinta e un elegante soprabito primaverile sul braccio.

Per fortuna, scendendo dietro di lui, Barbet lo vede di spalle e dall'alto in basso. Se l'avesse avuto di fronte, forse non se ne sarebbe accorto. Poco prima sulla nuca dello sconosciuto con la bombetta aveva notato una cicatrice, con ogni probabilità la traccia di un foruncolo. E ora la stessa identica cicatrice...

«Ah, eccola qui, signor Sasha!» esclama la padrona. «Il suo amico Vladimir è salito proprio poco fa...».

«Ci siamo incontrati... Grazie...».

Così l'uomo con la bombetta si è trasformato in un distinto turista che, invece di continuare a consumarsi le suole delle scarpe, salta su un taxi. Barbet riesce a prenderne al volo un altro.

I due taxi si fermano davanti al Bristol, un lussuoso albergo di boulevard Malesherbes.

Il concierge riconosce il cliente e lo saluta:

«Buongiorno, signor Gorskin...».

La porta girevole si è chiusa. Barbet, che ha fatto in tempo a sentire il nome, è rimasto fuori. Si allontana e tira fuori dalla tasca una busta.

«Ho una lettera per il signor Gorskin...».

«Gliela faccio portare dal fattorino... Il signor Gorskin è appena rientrato...».

«Devo consegnargliela personalmente...».

«Camera 543, quinto piano...».

Barbet bighellona per un po' nei corridoi dell'albergo e poi ripassa davanti al concierge che non sospetta nulla.

Il resoconto telefonico di Barbet si conclude con queste parole:

«Sono al Vieux Beaujolais, di fronte al Bristol... Forse è il caso che qualcuno venga a darc un'occhiata».

Émile ha ascoltato con calma.

«Allora, capo... Lei vada a farsi un giro in quell'albergo di Montparnasse...».

Torrence mugugna. Gli toccherà scarpinare!

«E lei?».

Viene quasi da ridere a sentire Émile il Rosso mormorare con la solita deliziosa umiltà:

«Io vado a vestirmi da uomo di mondo...».

Ed è vero. Quando esce dall'appartamento dove vive con la madre, in boulevard Raspail, la sua eleganza non ha nulla da invidiare a quella di qualsivoglia giovanotto impomatato che passa le sue giornate nei bar più esclusivi di Parigi.

III

Dove è evidente che la hall di un albergo a cinque stelle si presta agli incontri, ed Émile si congratula con se stesso per essersi cambiato d'abito.

Quando il suo taxi si ferma davanti al Bristol, Émile scorge la faccia irsuta di Barbet dietro i vetri del Vieux Beaujolais. Prima che il fattorino dell'albergo si precipiti ad aprirgli la portiera, sussurra all'autista:

«Entri nel bar di fronte e dica a quel tizio barbuto che Émile gli raccomanda di non muoversi da lì».

Il tassista, abituato a vederne di tutti i colori, non si stupisce troppo.

«Agli ordini...».

Quanto a Émile, sembra a suo agio al Bristol quanto negli uffici tutt'altro che eleganti dell'Agenzia O. È arrivato di proposito senza bagagli. Conta di recitare la stessa pantomima della mattina, ma i concierge degli alberghi di lusso sono meno diffidenti delle affittacamere.

«Senta... Con ogni probabilità mi fermerò da voi per un po' di tempo... Ma prima devo accertarmi che i miei amici siano arrivati... Le dispiace darmi la lista degli ospiti?...».

È l'ora di punta, quella che precede di poco la cena. Il concierge non sa come dividersi tra i clienti che gli chiedono informazioni in tutte le lingue immaginabili, ed è ben lieto di liberarsi di Émile porgendogli il prospetto che riporta i nomi degli ospiti e i rispettivi numeri di camera.

«Sergei Gorskin... Proveniente da Varsavia... 543...».

«Mi dica... Il signor Gorskin è qui da molto?».

«Da tre giorni... Vuole che glielo chiami al telefono?... È in camera...».

«Ne è sicuro?».

«Sicurissimo!... Un corriere gli ha consegnato da poco una lettera ... E qualche minuto fa il signor Gorskin mi ha citofonato per chiedermi i giornali della sera...».

«È con la moglie?».

«Non sapevo che fosse sposato... No... È venuto da solo...».

Mentre il concierge risponde in inglese a un inglese e in tedesco a un tedesco, Émile rimane là, incerto sul da farsi.

«Va bene, me lo chiami al telefono...» decide a un tratto.

«Cabina numero 2».

Non saprebbe dire a che genere di impulso abbia obbedito, ma si è dato la regola di assecondare sempre il suo istinto. Ogni volta che non l'ha fatto poi se n'è pentito.

«Pronto!... Pronto!...».

Alza il ricevitore, tenendo costantemente d'occhio la hall attraverso la porta a vetri della cabina.

«Pronto!... Signor Gorskin?...».

«No, qui è il centralino... Il signor Gorskin non risponde... Provo di nuovo...».

Ma Émile non l'ascolta più. Si è precipitato fuori dalla cabina e un attimo dopo si para davanti a una ragazza che resta interdetta come se fosse stata colpita da un fulmine.

«Buongiorno, signorina Dora...».

L'ha riconosciuto subito? In ogni caso, la prima tentazione che ha è quella di scappare, ma si rende conto di non poter sfuggire all'importuno. Così cerca di darsi un contegno, di sorridere.

«Mi sembra di averla già incontrata...» articola, ancora senza fiato per l'emozione.

«Non più di qualche ora fa, signorina. Nella sua incantevole camera di studentessa, in rue Blomet... Ricorda?... Lei mangiava croissant, china sui libri...».

È proprio lei, infatti: la giovane romena della mattina. Mentre era al telefono, Émile l'ha vista uscire dall'ascensore e dirigersi verso la porta girevole.

La ragazza fa un altro tentativo per sbarazzarsi di Émile.

«La prego di scusarmi,» mormora «ma ho molta fretta e...».

«Sono certo che non ha tutta questa fretta, signorina, e che anzi scambierà quattro chiacchiere con me...».

«Questa poi!».

«Mi basta dirle che, se esce, sarà accostata da un poliziotto che le chiederà da dove viene...».

Il bluff funziona. Lei sgrana gli occhi.

«Non è possibile...» mormora.

«Vuole una prova?... Faccia due passi fuori con me... Anzi no... Si limiti ad avvicinarsi alla porta... Non si esponga troppo... Guardi il bar di fronte... Lo vede quel tizio con la barba che tiene il naso incollato al vetro e sorveglia l'uscita dell'albergo?... Ha non solo la sua scheda segnaletica, ma anche quella della persona che è venuta a trovare... ».

L'ottimo Barbet non immagina di aver appena fatto un favore al suo capo!

« E lei, invece? » chiede la giovane romena.

« Con me è diverso... Non sono della polizia, come si sarà resa conto durante l'inchiesta in rue Blomet... ».

« Perché è qui? ».

« E lei? ».

« Be', io... ».

Ha gli occhi colmi di angoscia, le dita contratte sul fermaglio d'argento della borsetta.

« Sono venuta a trovare... Ma con quale diritto me lo chiede?... Sono una donna... Mettiamo che abbia un'avventura... Le sembra delicato... ».

« È sicura di essere venuta a trovare un uomo? ».

Questa domanda l'ha buttata lì a caso, ma capisce di aver colto nel segno. La ragazza è ancora più spaventata di prima.

« Mi lasci, la prego!... Non ho fatto niente di male... Devo andare... Mi accompagni, se vuole... ».

« Dove? ».

« Non importa... ».

Risposta sbagliata, signorina! Se avesse avuto l'accortezza di inventarsi una meta qualsiasi, forse Émile ci sarebbe cascato e l'avrebbe seguita, lasciando Gorskin sotto la sorveglianza di Barbet.

Ma ora capisce che lo scopo della ragazza, l'unica cosa che le interessa, è allontanarlo dal Bristol...

« Prima si sieda un momento, se non le dispiace » dice Émile indicando le ampie poltrone dislocate qua e là nella hall.

« La prego!... ».

Troppo tardi! L'ascensore, che sale e scende di continuo, si è fermato ancora una volta al pianterreno e ne è uscita una donna con in mano un'elegante valigetta.

Émile la riconosce alla prima occhiata: è la stessa che al mattino, in un caffè dei Grands Boulevards, trasmetteva il famoso messaggio in Morse.

All'inizio lei non nota niente di strano. Il concierge si affretta ad andarle incontro.

«Ecco il suo biglietto per Amsterdam... I bagagli sono già registrati... Chiamo un taxi e...».

In quel momento la donna scorge la giovane romena. Aggrotta la fronte. L'altra cerca di farle capire che deve andarsene subito.

«Buonasera, signora...».

Émile si è fatto avanti. A dire il vero, gli pare di essere un direttore d'orchestra alle prese con troppi strumenti. Non sa come dividersi. Impossibile sorvegliare contemporaneamente la giovane romena, la sconosciuta con la valigetta, e per giunta occuparsi di Gorskin che non risponde al telefono ma non sembra aver lasciato l'albergo.

Come già al mattino, bisogna scegliere, e scegliere in fretta, cercando, questa volta, di non prendere una cantonata e di seguire la pista giusta.

La pista giusta è la valigetta? E se contenesse banali oggetti da toilette e servisse solo a distogliere l'attenzione?...

«Mi scusi, ma il treno sta per partire e non capisco lei che cosa...».

Se fosse della polizia, Émile potrebbe portarla in commissariato e accertarsi che nella valigetta...

A complicare la situazione, le porte dell'ascensore si aprono di nuovo... E stavolta ne esce Gorskin, in abito da viaggio, anche lui con in mano una valigia. L'uomo si avvia rapido verso il banco della réception come chi abbia deciso all'improvviso di partire e voglia chiedere il conto con urgenza. A un tratto il suo sguardo incrocia quello della sconosciuta, poi quello di Émile.

Si ferma di colpo, in mezzo alla hall.

«Va via?» chiede il concierge prendendogli la valigia.

«Be'... Ancora non so...».

Tutto questo accade nel giro di pochi secondi, nel viavai di un albergo a cinque stelle. Nessuno ci ha trovato niente di strano. Un po' ovunque, intorno a loro, le persone s'incontrano, parlano, si ritrovano o si salutano allo stesso modo.

Émile si sente padrone del gioco, a condizione di non commettere il minimo errore. Gli si prospettano almeno dieci soluzioni, ma sa che una sola è quella giusta.

È per vivere momenti come questo che ha rinunciato alla Marina militare, e a qualunque altra professione, per diventare il cardine dell'Agenzia O.

Si china verso la sconosciuta: ha deciso di puntare su di lei. Con un gesto che sembra naturale, una semplice galanteria, le toglie di mano la valigetta.

«Posso aiutarla?...».

E a voce più bassa:

«Fuori ci sono almeno sei poliziotti...».

Anche l'incertezza di Sergei Gorskin è durata poco. Si avvicina a sua volta.

«Scusi» dice con un forte accento straniero. «La signora è con me, e se permette...».

Tenta di prendere la valigetta. Émile fa un balzo. Pazienza se ora gli sfuggirà l'uno o l'altro dei personaggi in gioco. Alla sua destra c'è una porta a vetri smerigliati con la scritta «Direzione». È lì, Émile lo sa, si trova l'enorme cassaforte dell'albergo, dove i clienti possono noleggiare uno scomparto.

È entrato come un razzo, lasciando gli altri a bocca aperta.

«Metta subito questa valigetta in cassaforte e non la consegni a nessuno, qualunque cosa le dicano...».

Solo il concierge si è accorto di qualcosa. Ma un cliente lo ferma e comincia a fargli domande in spagnolo...

Il segretario del direttore ha preso la valigetta e va verso la cassaforte.

«Qual è il suo numero di camera?...».

Ma quando si gira constata, esterrefatto, che quel cliente tanto frettoloso è già uscito.

«Scusi, signor Gorskin...».

Il polacco è in piedi davanti alla porta della direzione, con una faccia da funerale.

«Quindi ha lasciato andar via la signora e la signorina...».

Allora Gorskin chiede senza tanti complimenti:

«È lei il detective?».

«È lei il collega del signor Saft?» ribatte Émile.

«Avrei dovuto parlarle già stamattina...» fa Gorskin in tono cupo.

«Vuole che la donna e la ragazza prendano il largo?».

«Credo che sia meglio così...».

«Sa dove sono dirette?».

«Una delle due ha comunque un biglietto per Amsterdam...».

Ben informato, quel Gorskin! Almeno quanto Émile!

«In questo caso, se la signora non ci ha ripensato, sarebbe facile... Le dispiace entrare un momento qui con me?».

Gorskin obbedisce controvoglia e sbircia la cassaforte. Il segretario del Bristol, contento di rivedere lo strano cliente della valigetta, consegna a Émile una chiave.

«Dovrebbe firmarmi una ricevuta... Non mi ha ancora detto il suo nome e il numero di camera...».

Tutto procede per il meglio: Émile ha la chiave in tasca. Alza la cornetta del telefono.

«Pronto!... Il commissario straordinario della Gare du Nord, per favore...».

E, rivolgendosi al poliziotto polacco:

«Le dispiacerebbe chiamare il concierge?...».

Il concierge arriva.

«Gli estremi del biglietto della signora che è appena uscita?».

«Vagone 3, scompartimento 5...».

«Pronto!... Il commissario speciale?... Qui l'Agenzia O... Sì... La polizia le confermerà a breve la mia richiesta... Arresti la persona che si presenterà con un biglietto per l'Étoile du Nord, vagone 3, scompartimento 5... Sì... Dovrebbe essere una donna... Pronto!... Aspetti, non ho finito... È probabile che sullo stesso treno... Come?... Parte tra otto minuti?... Allora si sbrighi... Veda se c'è un vecchio signore dall'aria benestante, che quasi certamente ha un passaporto straniero... Forse non sarà solo... In tal caso, non faccia partire né lui, né la persona che lo accompagna... Se è solo, lo fermi comunque... Sì... Poi telefoni subito all'Hôtel Bristol... Chieda del signor Émile... Grazie, commissario!...».

Sergei Gorskin ha preso posto su una sedia in un angolo dell'ufficio.

«Era meglio non arrestarli...» sospira asciugandosi la fronte.

Poi, lanciando a Émile uno sguardo ammirato, chiede più cupo che mai:

«Come ha saputo che c'era una ricompensa di mille złoty?...».

IV

Dove, senza saperlo, Émile apprende di aver guadagnato una grossa somma, ma di aver anche rischiato di mettere in imbarazzo due governi.

Il più duro di comprendonio è stato il sostituto procuratore.

«Senta, giovanotto,» ha dichiarato al telefono «la magistratura non è a disposizione di un impiegatuccio dell'Agenzia O... Se ha delle rivelazioni da fare, venga in Procura, e forse accetterò di riceverla...».

«Penso che se chiamasse l'ambasciata polacca le direbbero che forse è meglio...».

Émile è fermo nel suo proposito: non vuole allontanarsi dalla valigetta, anche se ha in tasca la chiave della cassaforte.

Del resto, la Procura non tarda a cambiare idea: neanche mezz'ora dopo, infatti, il sostituto si presenta al Bristol insieme al giudice istruttore e ai due pezzi grossi dell'ambasciata con cui Émile ha parlato nel pomeriggio.

Il concierge li fa accomodare nell'ufficio del direttore, ed Émile chiede al segretario di uscire.

Benché non sia più vestito da impiegatuccio, come dice il sostituto, per una specie di civetteria che gli è abituale, Émile riprende la sua solita voce umile e pacata.

«Mi dispiace avervi disturbato, signori. Ma, poiché la nota valigetta si trova in questa cassaforte, ho ritenuto imprudente lasciarla senza sorveglianza o portarla altrove prima di averla messa in mani sicure. Per giunta, è qui che sapremo se certe persone coinvolte nell'inchiesta sono state rintracciate e se...».

Uno dei due polacchi si rivolge a Gorskin con l'aria di conoscerlo perfettamente e gli chiede qualcosa nella sua lingua. Questi risponde senza entusiasmo e indica Émile, quasi che ammettesse:

« Non ne so niente... Ha fatto tutto lui... ».

Il commissario speciale della Gare du Nord ha già telefonato: nessuna viaggiatrice ha tentato di prendere l'Étoile du Nord con il biglietto segnalato.

Accidenti! Deve aver fiutato la trappola.

D'altro canto, però, un uomo di una certa età, corrispondente alla descrizione fornita da Émile, accompagnato da una moglie sedicente malata – ma con i piedi un po' troppo lunghi –, è scappato scendendo sul marciapiede opposto, con l'inferma al seguito, non appena la polizia ha cominciato a perquisire il treno.

Al momento li stanno cercando all'interno della stazione e nei dintorni.

« È il vecchio Isaac » spiega il funzionario dell'ambasciata all'attonito sostituto procuratore. « Sarebbe auspicabile, per il nostro paese, che non venisse preso, non subito almeno... ».

Tutte le polizie internazionali conoscono, almeno di nome, il vecchio Isaac, che peraltro non è mai stato arrestato e che è il capo di una banda inafferrabile quasi quanto lui.

Come tutti sanno, il vecchio Isaac non organizza colpi qualsiasi. È un cervellone, per così dire, e quando porta a termine uno dei suoi lavoretti il conto da pagare è salatissimo.

« Signor sostituto, » comincia il funzionario dell'ambasciata scegliendo le parole « le devo delle scuse per non aver avvertito le forze dell'ordine francesi, lasciando che la nostra polizia indagasse su questo caso a vostra insaputa... Ma il perché lo capirà tra pochissimo... Ancora non mi spiego come questo signor Émile... ».

Émile porta alle labbra una sigaretta che si guarda bene dall'accendere.

« Prima di tutto » prosegue il polacco « le chiedo il permesso di verificare che quanto cerchiamo si trovi davvero in quella valigetta... Se il signor Émile vuole darci la chiave della cassaforte...».

Qualche istante dopo la valigetta, che è molto pesante, viene posata sulla scrivania del direttore del Bristol. Mancando la chiave, bisogna procurarsi delle pinze per forzare la serratura.

Dentro non ci sono oggetti da toilette, e tantomeno biancheria femminile, bensì, sotto uno strato di vecchi giornali, lastre di rame incise con maestria.

Il sostituto capisce all'istante di che si tratta.

«Il vecchio Isaac si era messo a fabbricare soldi falsi?» chiede.

«No, signore... Sta proprio qui l'eccezionale gravità della faccenda... Il vecchio Isaac, che si è assicurato la complicità di un funzionario polacco, è riuscito, non sappiamo ancora come, a impadronirsi delle vere matrici che servono a stampare le banconote da cento złoty... Da allora sono passati più di due mesi, e come vede abbiamo fatto in modo che il furto restasse segreto... Se la notizia fosse trapelata, infatti, si sarebbe scatenato il panico, e questo avrebbe inevitabilmente provocato una crisi monetaria nel nostro paese...

«Ecco perché il governo polacco ha agito con il massimo riserbo, incaricando due dei suoi migliori poliziotti di indagare sotto copertura... Così Saft e Gorskin, poco importa il loro vero nome, sono arrivati a Parigi, dove avevano motivo di ritenere che si nascondesse il vecchio Isaac...».

Émile ha un sorriso beota stampato sulla faccia. Quelle rivelazioni, infatti, avrebbe potuto farle lui stesso. Se avesse aperto la valigia, avrebbe capito tutto, e sul resto della faccenda ne sa più del funzionario dell'ambasciata.

«La cosa incomprensibile è che l'Agenzia O... Posso chiederle, signor Émile, di quanti agenti disponete?».

«Siamo in tre...» risponde con modestia Émile.

«Vuole dirci che cosa ha scoperto?».

«Con piacere... Benché il merito sia tutto del mio capo, l'ex ispettore Torrence, che ha lavorato a lungo nei ranghi della Polizia giudiziaria... Come vede, signor procuratore, rendo alle nostre istituzioni l'onore che meritano... L'Agenzia O, dunque, ha capito che il vecchio Isaac era troppo furbo per servirsi della cosiddetta matrice finché aveva due poliziotti polacchi alle calcagna... Perciò gli esponenti della banda si sono sparpagliati in tutta Parigi... Per prudenza, quando dovevano comunicare tra loro, non si parlavano, non avevano alcun contatto visibile, ma si limitavano a scambiarsi messaggi in Morse...».

«E questo perché lei non l'ha scoperto, Gorskin?» chiede in tono severo il funzionario dell'ambasciata.

«Voglia scusarmi, consigliere, ma non conosco l'alfabeto Morse...».

«Il signor Gorskin ha operato egregiamente» si affretta a intervenire Émile. «Prova ne sia che tre giorni fa ha preso una camera qui al Bristol, accanto a quella di una giovane donna... Era lei ad avere in consegna le famose matrici... Poi ha avvertito il suo collega Saft... La sera stessa, mentre lui faceva il palo in corridoio – la donna era uscita –, Saft ha scavalcato il davanzale della finestra di Gorskin e tenendosi in equilibrio su un cornicione di mattoni è arrivato nella camera della sconosciuta, dove si è impadronito delle lastre di rame...».

«Conferma, Gorskin?».

«Sì...».

«La mattina dopo, quando la banda si è accorta del furto, se vogliamo chiamarlo così, un sicario è andato a uccidere Saft nella sua camera di rue Blomet e si è ripreso le lastre... Per precauzione, invece di riportarle qui, le ha lasciate in rue Blomet, nascoste nella camera di una giovane romena che abita lì e che fa parte della banda...».

Questa volta Gorskin protesta:

« No, la ragazza è davvero una studentessa... ».

« Allora conosceva l'altra donna... E si è prestata a farle un favore... Intanto il tempo stringeva e bisognava sbrigarsi a lasciare la Francia, che ormai scottava... Il vecchio Isaac, seduto al tavolino di un caffè, viene informato sull'esito della spedizione... Sa che le lastre si trovano al terzo piano dell'albergo di rue Blomet... La polizia si sta dando da fare... Con ogni probabilità la mia visita all'ambasciata non passa inosservata...

« Preparano la fuga... Signor Gorskin, posso chiederle perché poco fa, quando le ho telefonato in camera, dove il concierge mi aveva assicurato che l'avrei trovata, non ha risposto? ».

« Glielo spiego subito... Ero in corridoio ad ascoltare la conversazione tra le due donne, nella camera accanto. Ho sentito squillare il telefono, ma non potevo abbandonare la mia postazione... ».

« La ringrazio... Questo era l'unico punto oscuro... Il vecchio Isaac ordina dunque la fuga generale... Appuntamento ad Amsterdam... Ma è impossibile andare a riprendere le matrici in rue Blomet, dove c'è la polizia... Perciò viene chiesto alla giovane romena di portarle qui... I posti sull'Étoile du Nord sono già prenotati... Il complice che rischia di più, quello che ha ucciso Saft con una coltellata, recita il ruolo della moglie inferma... ».

« Ero nella cabina telefonica della hall quando ho visto scendere la giovane studentessa di rue Blomet... Qualche istante dopo... È davvero molto semplice, signori... ».

« Ciò non toglie che, per una manciata di secondi, perdo la ricompensa » sospira Gorskin. « Avevo sentito tutto, di sopra. Sapevo che quella donna avrebbe preso il treno alla Gare du Nord portando con sé le matrici... Le stavo alle costole... Contavo di strapparle di mano la valigetta sulla banchina della stazione e... Ripeto, pochi secondi!... Centomila złoty!...».

«Chissà» mormora Émile «se alla stazione avrebbe trovato la valigetta... Non dimentichi che segue questo caso da due mesi e che...».

Émile pensa allo scarso entusiasmo mostrato da Torrence per un'inchiesta che, secondo lui, avrebbe fruttato solo seccature.

Invece ecco che in meno di ventiquattr'ore l'Agenzia O incassa centomila złoty. A proposito, quanto vale lo złoty al cambio attuale? Sette franchi? Otto?...

«Adesso, signori, capite bene che bisogna continuare a tenere la cosa segreta... Se si sapesse che quelle matrici sono state per tanto tempo nelle mani di una banda di delinquenti... Chi ci crederebbe che non se ne sono ancora serviti?... E che succederebbe al credito del nostro paese? È per questo che mi auguro...».

Squilla il telefono.

«Pronto!... Il signor Émile, per favore... Qui il commissario speciale della Gare du Nord... Ho una cattiva notizia da darle...».

Tutto bene, visto che è una cattiva notizia! Il vecchio Isaac e la moglie malata sono riusciti a tagliare la corda. C'è da scommettere che né loro né gli altri membri della banda resteranno a lungo a Parigi.

«Se domattina il suo capo, il signor Torrence, vuole darsi il disturbo di passare dall'ambasciata, sarò lieto di consegnargli la somma che...».

Si profila anche l'ipotesi di un'onorificenza, il che strappa un sorriso a Émile. Torrence decorato! Il povero Torrence che ancora non sa niente e che sorveglia il corridoio di un alberghetto di Montparnasse, o forse rovista le due camere che gli sono state segnalate e che in realtà servivano come base logistica a un poliziotto polacco!

Gli alti papaveri si congratulano, e la valigetta viene caricata nella scintillante macchina dell'ambasciata che aspetta davanti al Bristol.

«Senta...» fa Émile rivolgendosi al collega di Varsavia. «Le va di andare a bere un... A proposito, che cosa si beve a quest'ora nel suo paese?».

«Vodka...».

«Allora andiamo a berci una vodka al bar... Riguardo agli złoty... Lei è sposato?... Ha figli?...».

«Sono fidanzato...».

«Fa lo stesso!... Be', che ne dice se ce li dividiamo?».

E, buttando via una sigaretta tutta mangiucchiata, ordina:

«Due vodke... Sì, due!...».

Quanto a Barbet, può aspettare al Vieux Beaujolais, dove avranno di sicuro un rosso niente male.

GLI ADELPHI

STAMPATO DA ELCOGRAF STABILIMENTO DI CLES
NEL SETTEMBRE 2016

GLI ADELPHI
Periodico mensile: N. 509/2016
Registr. Trib. di Milano N. 284 del 17.4.1989
Direttore responsabile: Roberto Calasso